Sigrid Zeevaert

Weiberkram?

Sigrid Zeevaert wurde 1960 in Aachen geboren, wo sie auch heute noch mit ihrem Mann und ihren zwei Kindern lebt. Sie studierte zunächst Grundschulpädagogik, widmete sich aber bald ganz dem Schreiben. Neben Kurzgeschichten und Fernsehbeiträgen entstanden vor allem zahlreiche Kinder- und Jugendbücher, die in viele Sprachen übersetzt und mehrfach ausgezeichnet wurden.
Weitere Titel von Sigrid Zeevaert bei dtv junior: siehe Seite 4

Sigrid Zeevaert

Weiberkram?

Deutscher Taschenbuch Verlag

Von Sigrid Zeevaert sind außerdem bei dtv junior lieferbar:
Flaschenpost für Olle Pfitzmann, dtv junior 70607
Mehr als ein Spiel, dtv junior 70718
Und das alles wegen Hannah, dtv junior 70941

Ungekürzte Ausgabe
In neuer Rechtschreibung
Februar 2006
Deutscher Taschenbuch Verlag GmbH & Co. KG,
München
www.dtvjunior.de

Umschlagkonzept: Balk & Brumshagen
Umschlagbild: Barbara Scholz
Gesetzt aus der Fairfield Light 11/13,5'
Gesamtherstellung: Druckerei C. H. Beck, Nördlingen
Printed in Germany
ISBN-13: 978-3-423-70985-9
ISBN-10: 3-423-70985-5

1. Kapitel

Schon oft hat Jasper sich weggewünscht, weit, weit weg, ans andere Ende der Welt oder gleich auf einen anderen Planeten. Auf den Mars zum Beispiel oder auf die Milchstraße, irgendwohin jedenfalls, wo er nichts mehr sehen und hören muss von der Krämerstraße 9, in der er und seine drei Schwestern Lina, Marie und Sofie wohnen. Mit denen muss Jasper es nämlich aushalten, und womit er das verdient hat, kann er sich nicht erklären.

Schließlich ist er doch nett, hält anderen Leuten die Tür auf, grüßt zurück, wenn jemand ihn grüßt, wirft keinen Müll auf die Straße und saust in den Supermarkt, wenn Mama mal wieder zu wenig Milch eingekauft hat. Von morgens bis abends gibt Jasper sich Mühe und umso weniger kann er verstehen, warum ausgerechnet er mit dieser Anhäufung von Weibern gestraft ist.

Drei zankende Brüder hätten es doch genauso getan. Sie hätten ihm alles wegnehmen, ihn treten, beißen und anspucken können, aber es wären wenigstens Brüder gewesen.

Jasper seufzt. Bis heute nimmt er Mama und Papa übel, dass sie nicht wenigstens für einen kleinen Ausgleich gesorgt haben, auch wenn er inzwischen gelernt hat sich gegen seine drei Schwestern zu wehren. Was ist ihm denn auch anderes übrig geblieben? Der Mars und die Milchstraße sind nun mal unerreichbar für ihn und eine geeignete Ersatzfamilie, in der keine einzige Schwester nervt, hat er auch noch nicht ausfindig gemacht.

Aber nicht umsonst ist Jasper ein Junge, der sich so schnell nicht unterkriegen lässt. Selbst dann nicht, wenn seine drei Schwestern ihre Freundinnen zu Besuch haben.

Jasper verzieht sein Gesicht, spitzt noch einmal die Ohren, kann aber nichts hören außer gedämpftem Gelächter hinter der Tür. Dabei hatten Lina, Marie und Sofie vorhin sogar noch Streit, weil Lina erklärt hat, dass sie nicht die geringste Lust auf einen Kindergarten hat. Klar, Lina ist schließlich die Älteste von allen.

Marie, die Zweitälteste, war darüber natürlich nicht gerade erfreut. »Wenn du schon von Kindergarten redest«, hat sie wutschnaubend erwidert, »dann guck dir lieber Jasper an. Oder Sofie! Die sind schließlich viel jünger als ich.«

Jasper hat überlegt, ob er sich einmischen soll. Den Kindergarten hat er schließlich schon seit Jahren hinter sich und außerdem ist er mindestens tausendmal älter als seine Schwester Sofie. Im letzten Moment hat er es dann doch vorgezogen, zu schweigen und sich aus allem rauszuhalten. Es ist doch egal, wer mit wem auf keinen Fall spielt und wer wem zu alt ist und sowieso endlich ein eigenes Zimmer haben will. Ihn interessiert eigentlich nur sein Freund Ben, der heute leider keine Zeit hat.

Jasper seufzt leise in sich hinein. Fast jeden Tag hocken sie beide zusammen, sind unzertrennlich, aber ausgerechnet heute muss Ben mit seiner Mutter zum Zahnarzt und lässt ihn hier mit diesem Weiberhaufen allein! Merkwürdig friedlich und still ist es übrigens geworden. Nur hin und wieder geht eine Tür, jemand saust durch den Flur und leises Kichern kommt von irgendwoher.

Jasper gefällt diese Ruhe nicht ganz. Und er fragt sich, ob es nicht langsam an der Zeit wäre, sich unauffällig an einen sicheren Ort zu verdrücken. Er geht ein paar Schritte, bleibt wieder stehen. Feige ist er ja nicht. Außerdem wollte Mama doch bald zurück sein und sich sein Hausaufgabenheft genauer ansehen. Jasper wirft einen Blick auf die Uhr.

Wieder geht eine Tür, und als er kurz in den Flur hinausspäht, sieht er gerade noch jemanden im Badezimmer verschwinden. »Tse!«, macht er nur, lässt sich auf dem Wohnzimmersofa nieder und blättert in der Fernsehzeitschrift. Dass es ausgerechnet jetzt regnet, ist zu blöd. Sonst hätte er sich einfach seine Turnschuhe geschnappt, wäre schnell noch mal auf die Straße runter und hätte Flanken geübt.

Jasper legt die Zeitschrift wieder weg, in der immer noch dasselbe steht wie gestern und vorgestern. Besonders gerecht ist das ja nicht, dass seine drei Schwestern sich jetzt mit ihren Freundinnen vergnügen und er hier ganz allein sitzen muss, nur weil er kein Mädchen ist. Was kann er denn dafür? Ihn hat damals schließlich keiner gefragt.

Aber das kümmert natürlich wieder mal keinen. Selbst Papa und Mama fällt meist nichts anderes ein als zu sagen: »Ach du armer Kerl, du hast es wirklich nicht leicht.« Dass sie jedoch auch heute noch in der Lage wären, seinem Unglück ein Ende zu setzen, sehen sie natürlich nicht ein. Dabei wäre ein Bruder doch wohl mehr als überfällig. Sogar die hintere Ecke seines Zimmers würde er freiräumen und an einen Bruder abtreten, wenn er nur endlich einen bekäme. Er würde ihm Gruselgeschichten erzählen und seine alten Lastautos schenken, das Fußballspielen würde er ihm beibringen, das Klettern und Verstecken und Fremde-Reviere-Ausspionieren.

Vor allem aber würde er sich an einem Tag wie heute mit ihm in sein Zimmer verziehen und zu seinen drei Schwestern und ihren Besucherinnen hinüberrufen: »Habt ihr gehört? Für Weiber ist der Zutritt streng untersagt!«

Durch das Fenster sieht Jasper auf die Straße hinunter. Immer noch regnet es Bindfäden. Da lässt sich ja nicht mal ein Hund draußen blicken. Jasper drückt die Nase gegen die Scheibe. Aus dem Flur hat er schon eine ganze Weile nichts mehr gehört. Also haben sie ihre Geheimniskrämerei inzwischen aufgegeben, reden über Schule oder Ballettunterricht und ... Weiter kommt Jasper mit seinen Überlegungen nicht mehr. Denn plötzlich stehen sie alle sechs da, tippen ihm auf die Schulter und sagen: »Los, komm mal mit!«

»Nein«, will er im ersten Moment sagen und: »Das ist mir zu blöd.« Aber sie sehen nicht danach aus, als ob sie darauf hören würden. Abgesehen davon ist er schließlich kein Schisshase und kann sich bei der Gelegenheit ja auch schnell mal einen Überblick über das verschaffen, was im Mädchenzimmer überhaupt läuft.

Jasper lässt sich Zeit. Mit den Händen in den Hosentaschen folgt er ihnen, denkt noch, dass sie vielleicht wissen wollen, wie es bei ihm in der Klasse so ist, da wird er auch schon auf einen Stuhl gedrückt. Ehe er sich versieht, sind sie mit einem Lippenstift da und mit Lidschatten und Creme. »He!«, bringt er gerade noch heraus und schnappt nach Luft, will aufspringen und sich davonmachen, lässt es aber doch sein, weil es sinnlos wäre und sowieso viel zu spät. Sie sind zu sechst und Lina und ihre Freundin Isabell sind beinahe einen ganzen Kopf größer als er.

Jasper schluckt. Er kneift die Augen zusammen und denkt, dass ihn ja außer den Weibern zum Glück niemand sieht.

Sie lachen und kichern, stülpen ihm ein Stück Stoff über, das sich anfühlt wie ein Kleid. Jasper reißt die Augen wieder auf. Das Stück Stoff ist tatsächlich ein Kleid und er hat es an, und dann auch noch einen Schleier und hochhackige Schuhe. Am liebsten würde er auf der Stelle im Boden versinken oder sich in Luft auflösen, nur nicht länger in diesem Zimmer sitzen, in dem sie eine Frau aus ihm machen und nicht aufhören zu kichern und zu lachen.

»Ihr seid wohl verrückt«, hört Jasper sich schimpfen und merkt, dass ihm Tränen in die Augen steigen. Er schluckt und versucht sogar ein Grinsen. Heulen wäre das Letzte. Da sitzt er immer noch lieber da und lässt alles über sich ergehen. Er ist und bleibt schließlich ein Junge und eines Tages zahlt er es ihnen heim! Wenigstens seinen drei Schwestern. Lina, Marie und Sofie werden sich noch wundern. Er wird ihnen Kröten und Frösche unter die Bettdecke setzen, er wird Nägel und Heftzwecken und Schrauben in ihrem Zimmer verstreuen und Stinkbomben und ein Glas Mayonnaise mit Ketchup dazu und …

Dass sie ihn dann auch noch mit Parfüm überschütten, merkt Jasper zu spät. Er springt auf, reißt Marie die Flasche aus der Hand, prustet und schüttelt sich, will mit dem Parfüm auf die Mädchen los, als Papa auf einmal den

Kopf zur Tür hereinsteckt und fragt: »Was wird denn hier gefeiert?«

Die Mädchen drucksen, hören endlich mit der Kicherei auf, und Jasper steht mit seiner Parfümflasche in der Hand da und kann nichts dagegen tun, dass er zum Himmel stinkt, wie Papa zu allem Überfluss auch noch feststellen muss.

Jasper befreit sich von Kleid, Schleier und Schuhen, geht aus dem Zimmer, verschwindet erst mal im Bad und kriegt einen Schreck, als er sein Spiegelbild sieht. Selbst die Haare haben sie ihm versaut. Haben ihm Glitzergel reingeschmiert und tausend Spangen dazugesteckt.

Jasper verzieht seinen Lippenstiftmund, der ihm selbst irgendwie fremd ist. Draußen hört er Papa und die Mädchen. Klingt ganz so, als gingen die Besucherinnen endlich nach Hause. Jasper atmet tief durch und hält sich am Waschbecken fest, weil der Parfümgeruch ihn ein bisschen schwindelig macht.

Dann steht Mama plötzlich im Bad. »Ach, mein Armer«, sagt sie, reißt das Fenster auf und will ihn tröstend an sich drücken. Aber weil Lina, Marie und Sofie in diesem Augenblick den Kopf zur Tür hereinstecken, schiebt er Mama von sich weg und sagt: »Ist kein Problem.« Sollen die drei bloß nicht denken, das alles mache ihm etwas aus!

Mama seufzt. Sie sucht Creme und Watte aus dem Schrank, drückt Lina, Marie und Sofie einen Waschlappen in die Hand und sagt: »Dann seht mal zu, wie ihr ihn wieder sauber kriegt!«

Jasper will protestieren. Aber dann denkt er: Warum eigentlich nicht? Wenigstens das Gesicht können sie sich vornehmen und bei der Gelegenheit die Füße gleich mit. Denen würden ein paar Tropfen Wasser bestimmt auch nicht schaden. »Also gut.« Jasper nickt gnädig und lässt sich in den Korbsessel fallen.

Lina, Marie und Sofie machen ihre Sache gut. Sie reiben ihm keine Seife in die Augen, waschen und schrubben sein Gesicht aber wieder blitzblank, gehen sogar kurz über die Ohren und nehmen sich tatsächlich auch seine Füße noch vor, mit denen man, wie Marie behauptet, einen Käseladen aufmachen kann.

An die Haare lässt Jasper aber dann keine andere als Mama heran. »Mal sehen, wie lange es dauert«, sagt sie, als sie ihn schließlich trockenrubbelt und föhnt, »bis du wieder ganz normal nach Jasper riechst und nicht mehr nach meinem Parfüm.«

Jasper verzieht sein Gesicht. Und als sie schließlich alle um den Abendbrottisch sitzen, sagt er kein Wort. Rache!, denkt er nur. Die muss irgendwann sein.

2. *Kapitel*

Am nächsten Morgen ist Jasper als Erster im Bad, stellt sich sogar freiwillig unter die Dusche, weil der Parfümgeruch immer noch an ihm hängt.

»Mach auf!«, ruft Lina von draußen und klopft an die Tür.

Jasper dreht sich unter dem Wasserstrahl, nimmt noch eine Extraportion Seife, hört wieder das Klopfen und Rufen von Lina, antwortet ihr aber nicht. Erstens kann er jetzt unmöglich zur Tür gehen und zweitens macht sie es schließlich genauso wie er. Schließt die Tür hinter sich ab und stellt sich ganz einfach taub. Egal ob draußen einer steht, der dringend mal muss oder sich schnell die Zähne putzen will. Heute hat Jasper das Bad jedenfalls erst mal für sich, und dass er so lange braucht, daran ist Lina schließlich mit schuld.

Jasper ist aufgeweicht, als er den Wasserhahn endlich abdreht und nach dem Badetuch fischt. Das Bad sieht aus wie ein See.

Jasper rubbelt sich trocken. Er schlüpft in seinen Bademantel, dann öffnet er die Tür, huscht an Lina vorbei in sein Zimmer, hört, wie sie sich beschwert. »Überleg's dir beim nächsten Mal früher«, murmelt er vor sich hin. »Wenn ihr mich mit dem Stinkzeug verschont hättet, wäre das Bad jetzt auch nicht so nass.« Eilig zieht er sich an, sitzt schließlich bei Mama in der Küche und trinkt seinen Kakao.

»Willst du ein Brot?«, fragt Mama, drückt ihm einen Kuss auf die Wange, hält inne und zieht die Nasenflügel so merkwürdig hoch.

Jasper sieht sie an. »Man riecht es immer noch, habe ich Recht?«, fragt er nur und Mama nickt. »Parfüm kann sehr hartnäckig sein.« Sie streicht ihm übers Haar, aber er weicht zurück. »Dann gehe ich nicht in die Schule«, sagt er und fühlt sich auf einmal krank. Als hätte er Fieber und Halsschmerzen und Bauchkrämpfe und auch ein bisschen Schwindel im Kopf.

»Jasper!« Mama schüttelt den Kopf und scheint schlagartig alles Mitleid vergessen zu haben. »Du gehst!« Sie schneidet Brotscheiben ab, legt sie in den Korb, stellt Käse und Butter dazu. »Wahrscheinlich wird das Parfüm niemandem außer mir auffallen. Und außerdem riecht es doch gut.«

Jasper springt auf. »Aber nicht an mir!«, schimpft er, stellt wütend seine Kakaotasse ab, rennt Marie fast um, die auf einmal hinter ihm steht, schnappt sich Jacke und Schultasche und rennt los, aus der Wohnung hinaus, die Treppe hinunter.

»Warte!«, ruft Mama noch, aber Jasper hört nicht auf sie, ist schon auf der Straße, rennt bis zur Ecke, biegt ab und denkt, dass er sein Brot gern noch gegessen hätte. Viel zu früh ist er unterwegs. Wenn er wollte, schaffte er es noch dreimal bis zur Schule und wieder zurück.

Jasper bleibt stehen. Er will nicht in die Schule, kein bisschen. Mit diesem Parfümgeruch macht er sich vor den anderen doch nur lächerlich. »Na!«, hört er sie schon sagen und ihr breites Grinsen kann er beinahe sehen. »Was duftet denn hier wie ein frisch gepflückter Strauß Blumen?« Jasper seufzt. Er kickt einen kleinen Stein in den Straßenrand und kommt sich plötzlich ganz verlassen vor. Selbst zu Ben kann er so doch nicht gehen.

Mit den Händen in den Hosentaschen schlendert Jasper die Straße entlang. Am liebsten würde er sich tief in der Erde vergraben, nur mit Augen, Ohren, Nase und Mund noch daraus hervorgucken und beobachten, was sich rings um ihn tut.

Jasper achtet darauf, dass kein Fußgänger ihm zu nahe kommt. Seine Schwestern werden sich jedenfalls auf einiges gefasst machen müssen. Denn das kann Jasper sich von ihnen nicht gefallen lassen, auf gar keinen Fall. Genau genommen auch nicht von Mama, die doch wirklich Grund genug gehabt hätte, ihm eine Entschuldigung für heute zu schreiben. »Mein Sohn Jasper kann leider nicht am Unterricht teilnehmen, weil ihm hundeelend geworden ist und er sich ganz schlapp fühlt und außerdem auch noch schreckliche Halsschmerzen hat.«

Das hätte doch genügt und es wäre sozusagen nicht mal gelogen. Aber Mama ist ja egal, ob die anderen über ihn lachen oder nicht. Mama denkt immer nur an die Schule, ans Lernen und daran, dass er sich nicht so anstellen soll. Jasper stellt sich nicht an. Und eines Tages wird sie schon sehen.

Jasper tastet nach dem Geldstück, das irgendwie in seine Hosentasche gelangt ist, und steuert die Bäckerei auf der gegenüberliegenden Straßenseite an. Egal wie sehr er stinkt, er hat nicht vor, zu allem Überfluss auch noch zu verhungern. Und wenn er schon mit leeren Händen von zu

Hause weggegangen ist, so muss er sich eben selbst um das Notdürftigste kümmern.

Er zögert, als er vor den Auslagen steht, entscheidet sich schließlich für ein Schokocroissant, beißt draußen auf der Straße gierig hinein. So muss es schmecken, denkt er, wenn einer tagelang durch die Wildnis geirrt ist und nichts hatte außer ein paar Pilzen und Beeren und Wurzeln.

Jasper kaut und atmet tief durch. Vielleicht sollte er sich gleich heute auf den Weg in die unendliche Weite der Wälder und Steppen begeben, um dort zu leben wie ein einsamer Wolf. Daran gedacht hat er ja immer schon mal und am besten fängt er gleich heute noch damit an. Mama kann ihm jedenfalls gestohlen bleiben mit ihrer Schule und der Entschuldigung, die sie ihm nicht schreibt. Er verzichtet freiwillig, geht einfach nicht hin. Jasper hat nämlich Besseres vor.

Das Straßenfrühstück fängt an ihm zu gefallen. Und überhaupt, seine Laune steigt merklich, fast ist Jasper vergnügt. Endlich kann er sich auf den Weg machen und ist sie alle mit einem Schlag los. Papa, Mama und vor allem Lina, Marie und Sofie, die ihm das Leben lange genug schwer gemacht haben.

Eilig läuft Jasper die Straße hinunter, biegt mal rechts, dann wieder links ab, damit Mama ihn im letzten Moment nicht noch ausfindig macht. Noch nie ist Jasper einfach nicht zur Schule gegangen, aber bisher, findet er, fühlt sich das gar nicht schlecht an.

Jasper überquert die Straße, rennt ein Stück und überlegt, ob er Richtung Tierpark oder vielleicht doch besser Richtung Eisstadion laufen soll, da sieht er ein Stück weiter vor sich ein Mädchen mit einer roten Jeansjacke und stutzt. Hat er genau diese Jeansjacke nicht gestern Nachmittag zu Hause am Garderobenhaken hängen sehen?

Im ersten Moment will Jasper sich umdrehen und auf dem schnellsten Weg verschwinden, er hat genug von dem Parfüm, das immer noch an ihm hängt, er will nichts mehr hören und sehen von irgendwelchen Freundinnen seiner Schwestern. Dann entscheidet er sich aber doch noch dafür, dem Mädchen, das ganz wie Maries neue Freundin Bele aussieht, unauffällig zu folgen. Solange sie ihn nicht bemerkt, kann er sich doch mal darüber informieren, was sie so treibt. Und wenn er sich ausreichend informiert hat, könnte er vielleicht zu ihr gehen, ihr von hinten auf die Schulter tippen und sagen: »Besten Dank übrigens noch für den gelungenen Scherz von gestern Nachmittag. Ich habe sehr gelacht.« Und dann würde er ausholen und ihr eine runterhauen, nicht allzu fest, aber immerhin so, dass sie merken würde, dass er kein Mädchen ist und nicht im Geringsten daran denkt, eine solche Verkleidungsaktion noch ein zweites Mal über sich ergehen zu lassen.

Jasper hält sicheren Abstand, folgt Bele um die nächste Ecke herum, bleibt stehen, als sie stehen bleibt, um schnell einen Blick in das Schaufenster eines Tierladens zu werfen, und als sie schließlich den kleinen Platz mit dem Brunnen überquert, auf dem ein Bronzejunge steht und in hohem Bogen in ein Becken pinkelt, ist Jasper immer noch auf ihrer Spur. Bele scheint wirklich Bele zu sein. Zum ersten Mal war sie gestern bei Marie zu Besuch und Jasper hat sich darüber gewundert, was ihr eigentlich einfiel gleich so frech zu ihm zu sein.

Er lässt sie nicht aus den Augen, sieht, wie sie plötzlich in einem Zeitungsladen verschwindet und kurz darauf mit drei verschiedenen Zeitungen in der Hand wieder auf der Straße erscheint, wie sie auf einen kleinen Obststand zusteuert und Äpfel, Bananen und Erdbeeren aussucht, und als er sich gerade fragt, für wen sie das alles eigentlich kauft, tauchen am anderen Ende der Straße ein paar Gestalten auf, die Jasper irgendwie kennt. Der eine trägt eine dunkle Mütze und sieht aus wie Jan, der mit der blonden Lockenmähne hat verblüffende Ähnlichkeit mit Pille, und der Dritte, der fast in seinem grünen Anorak versäuft, erinnert ihn an keinen anderen als seinen besten Freund Ben.

Jasper starrt zu den drei Jungen hinüber, überlegt noch, ob er einfach so tun soll, als habe er sie nicht erkannt oder sei selbst jemand ganz anderes, da winken und fuchteln sie auch schon mit den Armen, stehen schließlich vor ihm, klopfen ihm auf die Schulter und fragen: »Seit wann trifft man dich hier?«

»Tja.« Jasper zuckt mit den Achseln, weiß im ersten Moment nicht, was er antworten soll. Dann grinst er und murmelt: »Wollte nur mal sehen, was ihr morgens vor der Schule so treibt.« Er tritt einen Schritt zurück, weil er niemandem zu nahe kommen will, aber Jan, Pille und Ben scheint gar nichts aufzufallen an ihm.

»Zu dumm«, sagen sie und grinsen nun auch, »dass wir uns erst noch mit der Schule abgeben müssen.«

Sie sind sich einig, alle vier, laufen nebeneinanderher, sind schnell vertieft in ein Gespräch über Frau Flieger, ihre neue Deutschlehrerin, die von nichts eine Ahnung hat.

Kommt ihnen mit einem Gedicht, in dem es um heiße Sommertage und Nachbars Kirschbäume geht!

Jasper tippt sich mit dem Finger an die Stirn, und während er bemerkt, dass Bele nicht mehr dort steht, wo sie gerade noch stand, versucht Jan Frau Fliegers Stimme nachzuahmen und Pille bewegt sich dazu wie eine Frau. Frau Flieger ist nämlich noch jung und trägt enge Jeans.

»Ich kümmere mich heute Nachmittag jedenfalls wieder um meine Fußballkarriere«, sagt Ben. »Frau Flieger und ihr heißer Kirschsommer können mir gestohlen bleiben.«

Sie verabreden sich zum Training auf dem Fußballplatz, falls der Regen ihnen nicht wieder einen Strich durch die Rechnung macht, erreichen schließlich das Schulgebäude und fast hat Jasper den Sicherheitsabstand vergessen, den er an diesem Vormittag doch einhalten muss. Sie drängeln sich in ihre Klasse und Jasper denkt, dass er noch viele Jahre Zeit hat, die Schule zu schwänzen, in die Wildnis zu ziehen oder irgendwelchen Freundinnen seiner Schwestern nachzulaufen. Da hält Ben die Nase in die Luft wie ein Kaninchen und sagt: »Riecht ihr auch, was ich rieche?«

Jasper fährt der Schreck in alle Glieder. Er merkt, wie ihm das Blut in den Kopf steigt, und ihm fällt einfach keine Erklärung dafür ein, wie das Parfüm, das anscheinend immer noch an ihm hängt, überhaupt an ihn geraten sein kann. »Ich weiß nicht, was du meinst«, murmelt er nur und sieht mitten in Bens breites Grinsen hinein. Wäre er doch nur losgezogen, gleich heute Morgen, dann müsste er jetzt nicht hier stehen und ... Jasper hält inne, denn auch in seine Nase steigt nun ein Geruch, der ganz und gar nichts gemein hat mit seinem Parfüm. Er schnappt nach Luft, sieht von Ben zu Pille und von Pille zu Jan, hört, wie Ben sagt: »Wenn du noch mal so einen fahren lässt, bin ich die längste Zeit dein Freund gewesen«, schluckt, will alle Schuld von sich weisen, winkt dann aber ab und sagt: »Soll nicht wieder vorkommen.«

Achselzuckend lässt er sich auf seinem Stuhl nieder, seufzt und hat gar nichts dagegen, dass Frau Flieger in diesem Moment den Klassenraum betritt und mit der Deutschstunde beginnt. Ben wird sich schon wieder beruhigen, sagt er sich, und Pille und Jan sowieso. Jasper packt sein Deutschheft aus und sieht sich kurz noch mal um. Wer auch immer der geheimnisvolle Stinker in seiner Nähe war, er kam ihm gelegen. Und wer weiß, vielleicht hält er ja noch die eine oder andere Zugabe für ihn bereit.

Mama scheint schon vergessen zu haben, wie ungerecht sie am Morgen noch war und dass Jasper sogar ohne Frühstück aus dem Haus musste, nur weil sie keine Entschuldigung für ihn schreiben wollte. Jedenfalls sagt sie, als Jasper am Mittag zurückkommt, nichts mehr dazu und fragt auch nicht, ob es ihm besser geht und ob von dem Parfümgeruch hoffentlich niemand etwas bemerkt hat.

Einen Augenblick stutzt Jasper und überlegt, ob er nicht doch schnell noch mal sauer sein soll, weil Mama immer noch nicht klar zu sein scheint, wie schlimm das alles für ihn war und dass er eigentlich eine kleine Sonderbehandlung gegenüber seinen drei Schwestern verdient hätte. Eine Extraportion Wackelpudding zum Beispiel oder ein ganzes Blech Pizza, an dem nur er sich satt essen darf, während Lina, Marie und Sofie sich mit einem Sauerkrauteintopf herumquälen müssen. »Es ist noch einmal gut gegangen«, sagt er dann aber gnädig. »Und wenn du unbedingt willst, reden wir nicht mehr davon.«

Mama zieht die Stirn in Falten, scheint im ersten Moment gar nicht zu wissen, was er überhaupt meint. Schließlich nickt sie aber, sagt: »In Ordnung«, und fügt gleich hinzu: »Trotzdem kommt es nicht infrage, dass du dich noch mal ohne Frühstück aus dem Staub machst.«

Jasper holt tief Luft, will ihr alles erklären, lässt es dann aber sein. Mama versteht es ja doch nicht. Seine drei Schwestern sollen allerdings nicht denken, dass Jasper so vergesslich ist und sich an ihre Späße von gestern schon nicht mehr erinnert. Jasper erinnert sich sehr gut. Hat sich alles ganz fest notiert, hinten in einer Ecke des Kopfes, in der er eine Sammelstelle eingerichtet hat für besondere Angelegenheiten, die noch zu erledigen sind. Ein Eis, das er seinem Freund Ben schuldet, weil der die letzte Wette gewonnen hat, gehört leider dazu, neue Jeans, die Mama ihm schon seit mindestens hundert Jahren versprochen hat, und eben die Rache für die Verwandlungsaktion, gegen die er praktisch wehrlos war. Wenn sich sechs Mädchen auf einen stürzen, hat man selbst als Junge nicht den Hauch einer Chance und genau das wird er seinen Schwestern auch noch einmal sagen. Auf seine Art eben und so, dass sie es allen ihren Freundinnen erzählen, damit keine von ihnen es auch nur wagt, ihn je wieder anzurühren, ihn mit Parfüm zu übergießen, ihn zu verkleiden und eine Frau aus ihm zu machen.

Jasper ist keine Frau, alles andere als das. Jasper ist zufällig das Gegenteil von einer Frau und hat deswegen ein Zimmer für sich ganz allein. Weil Lina, Marie und Sofie nun mal Mädchen sind und nicht wollen, dass er alles sieht. Bei ihm sollen sie bloß auch nicht mehr gucken, sonst gucken sie ihm noch was weg.

Trotzdem ärgert sich Jasper, wenn er vor ihrer verschlossenen Tür steht, und so hat er nichts dagegen, dass seine Schwestern sich heute gleich nach dem Essen zum Handballtraining, zu einer Freundin oder mit Mama zum Einkaufen verziehen. Jasper hat es nicht unbedingt eilig. Draußen hat es nämlich wieder zu regnen begonnen und zum Fußballplatz kann er vorerst nicht. Vor dem Zimmer seiner Schwestern bleibt er noch einmal stehen, spitzt die Ohren, drückt dann die Klinke und huscht eilig hinein.

Das Zimmer ist ziemlich unaufgeräumt. Klamotten sind überall auf dem Boden verstreut, eine halb zerrissene Perlenkette, Stofftiere und ein Riesen-Hüpfball. Auf dem Tisch entdeckt Jasper ein angefangenes Puzzle, wahrscheinlich von seiner kleinen Schwester Sofie. Ein Poesiealbum liegt gleich daneben. Jasper blättert darin. »In allen vier Ecken«, liest er, »soll Liebe drin stecken.«

Jasper dreht sich um, betrachtet die Tierbilder, die an der Wand hängen, und ein Foto von Maries Handballmannschaft. Ein paar der Mädchen auf dem Foto kennt Jasper sogar, weil sie hier schon mal aufgekreuzt sind. Bele allerdings, Maries neue Freundin, ist nicht mit dabei. Jasper hält den Kopf schief, um das Gesicht eines Lieblingspopstars von Lina genauer zu sehen, der in Lebensgröße über ihrem Bett aufgehängt ist. Dann zieht er eine

Schublade auf, in der sich eine ganze Sammlung von Muscheln, Steinen und Glitzersternen befindet, dazwischen ein Notizblock mit Namen und Telefonnummern, die Marie fein säuberlich in dafür vorgezeichnete Kästchen eingetragen hat. So etwas macht Marie gern, manchmal erfindet sie sogar irgendwelche Listen. Papa sagt immer, dass aus ihr später bestimmt noch die Oberaufseherin eines Mädcheninternats wird, die nichts anderes zu tun hat als neue Namenslisten und Bestelllisten und Fehllisten zu schreiben.

Jasper schiebt die Schublade wieder zu, öffnet die nächste, die voll gestopft ist mit alten, zerknitterten Fotos, mit Radiergummis, Knete, abgerissenen Kalenderblättern und Haarspangen.

Auch in die Kommode wirft Jasper kurz einen Blick und entdeckt zwischen Wollsocken und Unterhosen einen BH, der wahrscheinlich Lina gehört. Jasper fasst ihn nicht an, guckt nur und grinst. Klar, Lina kriegt einen Busen, da braucht sie auch einen BH.

Seufzend nimmt er den Kopfhörer von Linas Discman aus dem Regal, setzt ihn auf, hört ein Stück von der CD, obwohl er weiß, dass er es nicht darf. »Geh bloß nicht an meine Sachen«, sagt Lina nämlich immer. Aber heute interessiert ihn das nicht. Heute macht er, was ihm gefällt, denn heute hat er noch etwas gut. Lina, Marie und Sofie können froh darüber sein, dass nicht längst ein Kilo Regenwürmer durch ihre Betten kriecht. Und dass er Maries Freundin Bele heute Morgen auf der Straße nicht einfach eine geknallt hat, war auch nichts anderes als ein Glücksfall für sie.

Einen Schmusehit nach dem anderen hört Jasper und verzieht sein Gesicht. Schmusehits sind Linas Lieblingsmusik. Sie bekommt immer so einen Blick, wenn sie sie laufen lässt. Als schwebte sie irgendwo. Mama behauptet, das liegt an ihrem Alter und daran, dass sie langsam aufhört ein Mädchen zu sein. Eines Tages wird aus ihr eine Frau, genau wie aus Marie und Sofie.

Jasper ist froh, dass aus ihm keine Frau wird, sondern ein Mann. Und dass er keinen Busen kriegt wie seine Schwestern. Jasper kriegt einen Bart und braucht dann Rasierschaum und einen Rasierapparat.

Er legt den Discman wieder ins Regal, guckt in den Spiegel, der über Maries Glasvitrine hängt, und kann sich beim besten Willen nicht vorstellen, wie er später wohl aussehen wird. Ob er irgendwann vielleicht sogar eine Glatze bekommt? Jasper schneidet seinem Spiegelbild eine Grimasse, seufzt, öffnet die Tür der Glasvitrine und hat auf einmal Maries Porzellantänzerin in der Hand. Marie spielt immer schon verrückt, wenn man sie nur anguckt. Weil die Tänzerin eben ihre Tänzerin ist und Onkel Franz sie ihr geschenkt hat, als sie beim Spielen gegen eine Mauer gelaufen ist und ihre Hand nicht mehr bewegen konnte. Marie wurde im Krankenhaus operiert. Und weil sie eine Vollnarkose bekommen musste, stand, als sie wieder aufwachte, die Porzellantänzerin neben ihrem Bett.

Jasper dreht sie in der Hand, fühlt an ihrem Kleid aus Tüll, das weit absteht. Dann geht er mit ihr zum Tisch, lässt sie ein-, zweimal hochspringen. »Immerhin!«, sagt er. »Fliegen kann sie auch mit ihrem Kleid!« Und schon fliegt die Tänzerin quer durch die Luft, fliegt und dreht sich und streckt ihre Beine und Jasper hält sie am Bauch, trägt sie dreimal um die Lampe herum, an Linas Bett vorbei, haarscharf über das Dach von Sofies Puppenhaus hinweg, über den Stuhl und den Tisch und das Knautschkissen, das in der Ecke liegt, immer weiter und weiter, direkt Richtung Himmel und Weltall mit den fernen Galaxien und Ufos, die hier auf Porzellantänzerinnenjagd sind. Aufpassen heißt es. Jederzeit kann ein Angriff erfolgen mit scharfen Geschützen, denen man nur ausweichen kann, wenn man im Zickzackkurs weiterfliegt. Ein feindliches Ufo ist schon in Sicht, die Tänzerin saust durchs Weltall, setzt plötzlich zum Sturzflug an, das Ufo richtet eine ganze Munitionssalve auf sie, die Tänzerin taumelt und fällt. Schwer getroffen stößt sie gegen die Tischkante und ... ihr rechtes Bein bricht ab.

Jasper sitzt da und braucht einen Augenblick, um zu verstehen. Das feindliche Ufo ist weg, er befindet sich mitten im Zimmer seiner drei Schwestern und hat gerade Maries allerheiligste Porzellantänzerin kaputtgemacht.

Hastig sieht er sich um. Einen Kleber braucht er, dann ist alles vielleicht nur halb so wild. Einen guten Kleber, der das Bein so fest hält, dass man nichts mehr sieht. Jasper springt auf, durchwühlt die Schreibtischschublade, findet nichts außer einem Klebstift, der schon so gut wie aufgebraucht ist, und versucht es damit. »Nun halt schon!«, murmelt er, während er das Bein unter dem Kleid der Tänzerin fest an die Pobacke drückt.

Aber kaum lässt er los, fällt das Bein wieder ab. Jasper

flucht. Er versucht es noch mal und noch mal, aber vergebens. Jasper zögert. Wenn er die Tänzerin einfach in die Vitrine zurückstellt, weiß niemand, dass er der Schuldige ist. Vielleicht fällt Marie das abgebrochene Bein nicht einmal auf?

Jasper atmet tief durch. Und kurz darauf steht die Tänzerin in der Ecke der Glasvitrine, steht da zusammen mit ihrem abgebrochenen Bein, das Jasper so unauffällig wie möglich neben sie legt. Vielleicht denkt Marie, es sei aus Altersschwäche abgefallen. Vielleicht tobt und schreit sie kein bisschen, sondern ist froh, dass die Tänzerin wenigstens noch ein Bein hat, das ganz in Ordnung ist. Jasper schleicht zur Tür. Gleich ist er hier raus und hat nichts gesehen und gehört und angefasst sowieso nichts ...

»Aber du darfst doch nicht einfach wieder gehen«, hört er plötzlich eine empörte Stimme hinter sich. »Du hast die Tänzerin doch kaputtgemacht.«

Jasper steht einen Moment still, bevor er sich umdreht und seine kleine Schwester Sofie entdeckt, die unter dem Schrank hervorgekrochen kommt. Er ist sprachlos. Dann hat Sofie also alles gesehen!

»Hör zu!«, sagt er und setzt eine Unschuldsmiene auf. »Ich weiß zwar nicht genau, wovon du sprichst, aber bevor es Ärger gibt, rate ich dir, halt besser den Mund!« Er tritt einen Schritt näher, will Sofie fest packen und rütteln, besinnt sich dann aber und fährt etwas freundlicher fort: »Wahrscheinlich merkt Marie es ja nicht einmal. Und außerdem ...« Jasper schluckt. »Wenn du niemandem etwas verrätst, gehe ich morgen mit dir zum Kiosk und du kriegst eine Tüte Gummibärchen.«

»Eine ganze Tüte?«, fragt Sofie und macht große Augen. Jasper zuckt mit den Achseln. »Warum nicht?«

»Klar«, sagt Sofie, die für Gummibärchen wirklich alles tut. »Ich verrate kein Wort.«

Jasper nickt erleichtert. Er hält seiner kleinen Schwester die Hand hin, sie schlägt ein und er sagt: »Ich verlass mich auf dich!«

3. *Kapitel*

Bis zum späten Abend hat der Regen nicht aufgehört und so kann es Jasper am nächsten Mittag, als sich endlich die Sonne zwischen den Wolken zeigt, gar nicht schnell genug gehen.

Wenn sie das große Fußballspiel gegen Schwarz-Rot 09 wirklich gewinnen wollen, müssen sie fit sein und Kopfbälle trainieren und Flanken und Eckstöße, das haben seine Freunde und er heute Morgen in der Schule noch einmal einhellig erklärt.

»Darf ich?«, fragt er Mama, als die Teller endlich leer gegessen sind, und fügt gleich hinzu: »Die Hausaufgaben haben wir schon in der Schule gemacht.«

Missbilligend schüttelt Mama den Kopf. »Sitten sind das!«, sagt sie, erlaubt es ihm dann aber.

Jasper will schon losflitzen, da fängt er einen Blick von Sofie auf und mit einem Mal fallen ihm die Gummibärchen wieder ein, die er ihr noch schuldet, denn Sofie hat ihr Versprechen gehalten. Kein Wort hat sie von Maries Porzellantänzerin und dem abgebrochenen Bein gesagt, kein einziges Wort. Sie hat Jasper nur immer wieder angesehen, hat die Lippen fest aufeinander gedrückt und bedeutungsvoll dazu gegrinst. Den ganzen Abend lang, bis sie ins Bett mussten.

Und Marie hat nicht das Geringste gemerkt. Sie war vergnügt und hat von nichts anderem als ihrem Handballtraining erzählt und Jasper war froh, noch mal davongekommen zu sein.

»Aber du wolltest doch mit mir zum Kiosk gehen«, sagt Sofie jetzt und die anderen gucken erstaunt.

»Ja, ja.« Jasper steht da und weiß nicht, was er machen soll. »Das wollte ich auch«, murmelt er. »Das wollte ich auch die ganze Zeit, nur . . .«

Sofie hüpft vom Stuhl. Und bevor Mama, Lina und Marie noch auf die Idee kommen, weitere Fragen zu stellen oder gar mit ihnen zu gehen, macht Jasper sich mit Sofie auf den Weg, obwohl Ben, Pille und Jan wahrscheinlich schon auf ihn warten.

Jasper hat es eilig. Er läuft fast und Sofie hat alle Mühe, seinem Tempo zu folgen. »Warte doch!«, jammert sie. »Nicht so schnell!«

Nur widerwillig verlangsamt Jasper seinen Schritt. Sofie ist schließlich kein Baby mehr, soll sie ruhig mal ein bisschen zügiger gehen.

Jasper biegt um die Ecke, Sofie hält sich, so gut sie kann, hinter ihm. »Zurück gehst du aber allein«, kann er gerade noch sagen, da stürmt plötzlich ein Hund durch einen Garten auf sie zu, springt mit wütendem Gebell am Gartenzaun hoch.

Sofie drängt sich ängstlich an Jasper.

Der Hund ist zwar nicht gerade groß, bellt aber und fletscht drohend die Zähne.

Jasper versucht ruhig zu bleiben. Soll der Köter doch toben, so viel er will, der Gartenzaun hält ihn schließlich zurück. »Komm!«, sagt er zu seiner kleinen Schwester und nimmt sie bei der Hand. »Uns kann nichts passieren und außerdem bin ich ja da und kümmere mich schon um dich.«

Sofie drückt Jaspers Hand fest.

Der Hund rennt und springt und hört nicht auf zu bellen. Und dann sieht Jasper das offene Gartentor und zum Zumachen ist es zu spät. Der Hund schießt heraus, Sofie schreit, rennt los und Jasper steht einen Moment still da und starrt. Schon ist der Hund bei Sofie, springt an ihr hoch.

»Jasper!«, schreit Sofie. »Jasper! Jasper!«

Der Hund springt an ihr hoch, wirft sie zu Boden und Sofie schreit immer mehr.

Jasper rennt los, rennt und schreit: »Weg da! Weg! Weg! Lässt du wohl meine kleine Schwester in Ruhe!« Er will sich auf den Hund werfen, will ihn treten und beißen und sich in seinem Fell festkrallen, als plötzlich vom Garten her ein Pfiff ertönt. Augenblicklich lässt der Hund von Sofie ab, steht, hechelt, macht schließlich kehrt.

Sofie weint und jammert. Jasper ist bei ihr, schnappt erst mal nach Luft. »He!«, sagt er und hilft ihr mit schlotternden Knien auf. »Es ist alles vorbei.«

Der Mann hinter dem Gartenzaun ruft: »Tut mir Leid«, und ist mit seinem Hund auch schon wieder verschwunden.

Jasper streicht Sofie übers Haar. »Mistköter!«, schimpft er.

Sofie schluchzt, drückt sich an Jaspers Schulter. »Ich glaube, er wollte mich fressen.«

»Das hätte er nur wagen sollen.« Jasper hat die Hände zu Fäusten geballt. Er will Sofie gerade mit sich ziehen, weil er hier sowieso nichts mehr ausrichten kann, da steht Maries Freundin Bele plötzlich vor ihnen, Jasper hat sie gar nicht kommen sehen und sie sagt: »Das war aber knapp.«

Jasper schnappt nach Luft und Sofie erzählt auch schon, wie es war, als sie unter dem Hund lag und er seine Zähne gebleckt hat. Bele nickt. »Ich hab's ja gesehen«, sagt sie und Jasper fallen die vielen Sommersprossen in ihrem Gesicht auf. Trotzdem hat er nicht vor die nächsten Wochen hier zu verbringen und so nimmt er seine kleine Schwester bei der Hand, sagt: »Komm weiter«, und lässt Bele da stehen.

Sofie redet und schwärmt von Maries neuer Freundin und sagt, dass sie ganz viel kann, sogar kochen und auf sich selbst aufpassen und einkaufen gehen.

»Na und?«, sagt Jasper. »Das kann doch jeder.« Sie erreichen den Kiosk und er kauft seiner Schwester die Tüte Gummibärchen und einen Himbeerlutscher dazu. »Weil du dich so erschrocken hast«, sagt er.

Sofie strahlt. Jasper bringt sie über einen Umweg nach Hause; dann endlich macht er sich auf den Weg zum Fußballplatz, wo Ben, Pille und Jan ihn nass geschwitzt und außer Atem empfangen.

»Tut mir Leid, dass ich so spät bin«, murmelt Jasper. »Aber ich konnte doch nicht zulassen, dass aus meiner kleinen Schwester Hundefutter wird. Immerhin bin ich ihr Bruder.«

Ben, Pille und Jan sehen ihn an, aber Jasper zuckt nur mit den Achseln, legt sich den Ball vor, rennt los und haut ihn in das rechte obere Eck.

Dann trainieren sie zu viert weiter. Kopfbälle von rechts und von links, Flanken und Freistöße und Doppelpässe, den ganzen restlichen Nachmittag lang.

Abends öffnet Sofie Jasper die Tür und erklärt: »Ich habe allen davon erzählt.«

Jasper stutzt.

Und Sofie fügt hinzu: »Ohne dich wäre ich doch garantiert in Ohnmacht gefallen, so viel Angst hatte ich, als der Hund über mir war.«

Jasper nickt. »War kein Problem für mich«, sagt er, kommt ins Wohnzimmer und wird so freundlich wie selten von allen empfangen. Er darf sich aufs Sofa setzen, dann wollen die anderen die Geschichte noch einmal hören.

Sofie erzählt und Jasper tut, als sei das alles nur ein Klacks für ihn gewesen. Mama streicht ihm durchs Haar, Sofie erzählt weiter und macht aus dem Hund fast einen Wolf und aus Jasper einen unerschrockenen Bruder, der sein eigenes Leben aufs Spiel gesetzt hätte, um das seiner kleinen Schwester zu retten. Auch von Bele erzählt sie, die angeblich voller Bewunderung vor Jasper gestanden und zu ihm gesagt hat: »Nur gut, dass Sofie so einen wie dich überhaupt hat.«

Jasper lässt Sofie erzählen, unterbricht sie kein einziges Mal. Und als Sofie beim Himbeerlutscher ankommt und Lina nachfragt, was es eigentlich mit den Gummibärchen auf sich hatte und seit wann Jasper so spendabel sei, gibt er einfach keine Antwort. Genau wie Sofie, die die Frage gar nicht gehört zu haben scheint.

Jasper holt Luft, atmet tief durch. Auf einmal ist er ein Held und er selbst findet eigentlich ja auch, dass er verdammt mutig war und alles getan hätte, um Sofie zu beschützen. Klar, als großer Bruder lässt man seine kleine Schwester ja nicht einfach im Stich und das hat natürlich selbst Bele gemerkt.

Bis kurz nach dem Abendbrot schwebt Jasper fast ein bisschen. Weil alles irgendwie so schön ist und alle nett sind und so gut gelaunt. Doch dann ertönt Maries Schrei.

Jasper zuckt zusammen.

»Meine Tänzerin!«, schreit Marie. »Meine Porzellantänzerin ist kaputt!«

Jasper hält still. Marie schreit und heult und Mama und Papa kommen natürlich angelaufen und Lina und schließlich Sofie. Jasper lässt sich Zeit. Aber er hört genau, was die anderen reden. Dass jemand die Porzellantänzerin kaputtgemacht haben muss, sagen sie, und dass ihr ja nicht von allein plötzlich ein Bein abgefallen sein kann.

Sofie dreht sich zu Jasper um. Die Lippen hat sie fest aufeinander gedrückt. Auch dann noch, als Papa vor ihr steht und sie fragt: »Du weißt nicht zufällig, wie das passiert ist?«, schüttelt sie nur ihren Kopf.

»Frag doch mal Jasper«, hört er Lina neben sich sagen.

Jasper wird ganz schwindelig, Marie heult und Papa fragt: »Hast du etwas damit zu tun?«

Jasper will es abstreiten, aber auf einmal geht es nicht mehr. »Und wenn schon?«, bricht es plötzlich aus ihm heraus und er muss aufpassen, dass er nicht noch vor der versammelten Familie zu heulen anfängt. »Genau genommen stand mir das zu. Schließlich konnte ich mich gegen das Parfüm und die Schminke und all diesen Weiberkram auch nicht wehren.«

»Pah!«, macht Marie nur und Lina fügt natürlich gleich an, dass das noch längst keine Entschuldigung sei.

Jasper würde sie am liebsten in den Arm kneifen oder ins Bein, aber bevor Mama und Papa sich auch darüber noch aufregen können, lässt er es sein.

Die Porzellantänzerin soll er Marie von dem Geld aus seiner Spardose ersetzen, wird schließlich entschieden. Und bei Marie entschuldigen soll er sich auch.

Jasper schluckt. Er sieht Marie nicht an, während er etwas murmelt, was außer ihm wahrscheinlich niemand versteht. Die Porzellantänzerin fand er sowieso hässlich, und dass sie kaputt ist, stört ihn jedenfalls nicht.

Jasper dreht sich um, geht in sein Zimmer, spricht mit niemandem mehr ein Wort. Er packt seine Schultasche für morgen und sehnt sich auf einmal nach seinem Bett. Er ist müde und fühlt sich kein bisschen mehr wie ein Held. Die anderen sind ihm jetzt egal. Er zieht sich aus, krabbelt unter die Decke, will schnell die Augen zumachen und an gar nichts mehr denken, da geht die Tür noch mal auf.

Sofie steht im Nachthemd da, in der Hand hält sie ein paar Gummibärchen und ihr Lieblingskuschelschaf. »Für dich«, sagt sie. »Weil du mein großer Bruder bist und so nett zu mir warst.«

Jasper beißt sich auf die Lippe. »Lass mich in Ruhe!«, will er sagen und: »Hau ab!« Stattdessen kommt ein tiefer Seufzer aus ihm heraus. »Gib schon her!« Er nimmt Sofies Schaf und die Gummibärchen, verzieht sein Gesicht, dreht sich auf die andere Seite und hört noch, wie Sofie die Tür wieder hinter sich schließt. Vielleicht, denkt er, ist es jetzt wirklich an der Zeit, sich eine neue Familie zu suchen. Eine, die freundlicher mit ihm umgeht und nur aus Brüdern besteht.

Jasper knipst das Licht aus, zieht sich die Decke über den Kopf, schiebt Sofies Schaf und ihre Gummibärchen von sich weg. Er ist doch kein Weichei! Und wenn Sofie meint, er würde sie beim nächsten Mal wieder beschützen und sein Leben für sie aufs Spiel setzen, dann hat sie sich gewaltig getäuscht.

4. *Kapitel*

Ungeduldig geht Jasper im Flur auf und ab, hält seinen Fahrradschlüssel griffbereit. Wenn Ben nur endlich käme, damit er sich von hier verdrücken kann! Denn weder auf Mama und Papa noch auf Lina, Marie und Sofie ist Jasper seit gestern Abend gut zu sprechen.

Dass man sich wegen einer Porzellantänzerin so aufregen kann! Was, bitte schön, ist denn daran? Marie hat ja selbst gesagt, sie wolle, wenn er ihr schon eine neue kaufen müsse, dann lieber doch eine Reiterin.

Jasper holt Luft. Auf die Reiterin mit ihrem Pferd kann Marie lange warten. Von ihm bekommt sie so was jedenfalls nicht. Und überhaupt lässt er jetzt auch all seine Nettigkeiten mal sein. Langsam, aber sicher hat er nämlich genug davon, dass seine Schwestern sich immer aufführen, als wüssten und könnten sie alles viel besser als er. Vor allem Lina tut immer so erwachsen und behauptet, Mädchen wären sowieso viel reifer und klüger als Jungen und würden anderen auch nicht mit ihren Lügen auf die Nerven gehen.

Jasper geht niemandem auf die Nerven. Als Papa ihn gestern gefragt hat, hat er doch die Wahrheit gesagt. Nur vorher, da hat er es nicht gleich erzählt. Na und? Dafür hat er seiner kleinen Schwester das Leben gerettet, aber davon redet jetzt natürlich keiner mehr.

Jasper seufzt. Die Welt ist ungerecht und Ben hat es tausendmal besser, weil er nicht die geringste Schwester hat, die ihn auf die Palme bringen könnte. Ben hat gar nichts, nur einen Vogel, der ihm vor ein paar Tagen davongeflogen ist. Vielleicht kommt der Vogel ja auch wieder zurück. Und die ewigen Streitereien seiner Eltern, über die Ben sich immer beklagt, die hören früher oder später schon wieder auf, auch wenn Ben Jasper nicht glaubt. Aber der kennt das von Mama und Papa ja schließlich auch. Manchmal streiten sie sich so sehr, dass man denkt, alles ist aus, die Welt geht unter und Mama und Papa reden nie mehr miteinander, kein einziges Wort. Aber dann, nach einem halben Tag, haben sie sich schon wieder versöhnt, umarmen und küssen und lieben sich wieder und man selbst steht dabei und versteht es nicht ganz.

Endlich klingelt es Sturm, Jasper saust zur Tür, ruft schnell noch etwas zum Abschied und steht wenig später auch schon unten im Hof. »Nichts wie weg hier«, sagt er und stößt Ben mit dem Ellenbogen an. »Ich brauche dringend frische Luft.«

Ben grinst. Jasper grinst auch. Auf einmal hat er wieder bessere Laune.

Sie steigen auf ihre Räder, fahren nebeneinanderher. »Ich muss noch was erledigen«, sagt Jasper.

»Und was?«, fragt Ben.

»Soll eine Überraschung sein. Aber nicht für dich, sondern für meine Schwester Marie.«

Ben guckt fragend und Jasper zuckt viel sagend die Schultern. Dann fahren sie zum nächsten Kaufhaus, gehen in die Spielwarenabteilung und Ben will wissen, ob es sich um ein Geburtstagsgeschenk handele.

Jasper schüttelt den Kopf. »Nicht direkt«, sagt er, bleibt

plötzlich vor einem Regal voller Gummimonster und dick behaarter Spinnen stehen und murmelt: »Blöderweise schulde ich meiner Schwester noch was.«

Er erzählt Ben die Geschichte und Ben ist der Erste, der ihn versteht. »Du kannst einem echt Leid tun«, sagt er. »Und wenn du mich fragst, dann war das Bein wahrscheinlich vorher schon so gut wie abgebrochen.«

Jasper nickt. Es ist und bleibt eben ungerecht. Aber was soll er machen? Irgendwie kommt es immer dazu, dass er alles ausbaden muss. Weiß der Kuckuck, wie seine Schwestern es jedes Mal schaffen, ihm wieder die Schuld in die Schuhe zu schieben.

Zusammen mit Ben sucht er nach einer neuen Porzellantänzerin für Marie, aber außer Barbies, Clowns und Puppenmüttern mit Kindern finden sie nichts, was überhaupt infrage kommt.

»Wie wär's mit einem Pferd und einer Reiterin?«, fragt Ben plötzlich und sieht von der anderen Seite des Regals zu ihm herüber.

Aber Jasper winkt ab. »Nein«, sagt er nur, »das ist nichts für Marie.« Sie wollen schon wieder gehen, da entdeckt er eine Tänzerin, die beinahe so aussieht wie die, die er Marie ersetzen soll.

Jasper stockt der Atem, als er hört, wie teuer sie ist. »Ich nehme sie trotzdem«, sagt er dann aber und braucht beinahe sein ganzes Spardosengeld dafür auf.

»Warte ab, bis wir erst reich sind«, tröstet Ben ihn, als sie wieder bei ihren Fahrrädern stehen. »Dann juckt dich so ein bisschen Geld für eine Porzellantänzerin überhaupt nicht mehr. Und reich werden wir garantiert.«

Jasper seufzt. Da hat Ben natürlich Recht. Steinreich werden sie sein, denn schließlich werden aus ihnen eines Tages Fußballstars. Das hatte er beinahe vergessen, genau wie das Spiel gegen Schwarz-Rot 09. Wenn sie das gewinnen, dann haben sie es ja schon so gut wie geschafft. Zumindest der erste Platz in der Tabelle ist ihnen dann sicher.

Jasper steckt das Porzellantänzerinpaket in die Tasche. Soll Marie doch glücklich werden damit oder auch nicht. Jasper wird glücklich werden mit Flanken, Kopfbällen und Toren. Und wer sich die ansehen will, darf gern ins Stadion kommen.

Kurz entschlossen laden Jasper und Ben alle Leute ein, die ihnen an diesem Tag noch über den Weg laufen. Auf der Straße sprechen sie sie an, in sämtlichen Läden ringsum, an den Bushaltestellen und im Park, vor der Telefonzelle und schließlich und endlich natürlich zu Haus. Jasper lädt seine gesamte Familie zu dem Fußballspiel ein. Mama, Papa und seine drei Schwestern. Und was verrückt ist, sie wollen alle fünf kommen.

Jasper kann gar nicht mehr aufhören daran zu denken und ihm wird immer wieder heiß und kalt. Weil er kurz davor ist, dass aus ihm etwas wird. Porzellantänzerinnen werden dann für ihn unwichtig sein. Ganz egal wie viel sie kosten, demnächst wird ihn das nicht mehr kümmern und er wird so viele davon kaufen, wie es ihm gerade gefällt. Ihre neue Tänzerin hat er Marie jedenfalls längst überreicht und sie hat nicht mal eine abfällige Bemerkung gemacht. Für einen Moment hat Jasper zwar geglaubt, sie meckert los und beschwert sich, weil es ja nicht genau die gleiche ist wie die von Onkel Franz. »Na gut«, hat sie aber dann gesagt, »ich nehme sie. Wenn du dafür noch ein Extrator schießt.« Da hat Jasper grinsen müssen und gesagt: »Mal sehen, was sich machen lässt.«

Jetzt kann er es kaum noch erwarten, bis der nächste Tag endlich da ist und mit ihm das Fußballspiel gegen Schwarz-Rot 09. Jasper will Tore schießen, mindestens drei. Für jede seiner drei Schwestern eins und vielleicht noch ein paar zusätzliche für Papa und Mama. Wenn sie sich schon die Mühe machen und ins Stadion kommen!

Pünktlich zum Anpfiff erscheinen sie alle fünf am Spielfeldrand; trotz der vielen Leute, die sich bereits versammelt haben, kann Jasper sie genau sehen. Dass sie noch jemanden mitgebracht haben, sieht er jetzt auch. Es ist Bele, die sich anscheinend nicht nur für Handball interessiert. Jasper beißt sich auf die Lippe, guckt wieder weg. Lieber wäre es ihm gewesen, Bele wäre zu Hause geblieben, er hat sie ja nicht eingeladen. Aber wenn sie schon mal da ist, dann soll sie auch gezeigt kriegen, wie Fußball gespielt wird.

Zusammen mit Ben bildet Jasper die Spitze. Beim ersten Pass, den er bekommt, stürmt er nach vorne, versetzt seinen Gegenspieler mit einer Täuschung nach rechts, geht links an ihm vorbei, sieht Ben in der Mitte, schiebt ihm den Ball zu und der zieht ab, trifft haarscharf neben das Tor.

Die Zuschauer rufen und klatschen und feuern sie an.

»Wartet«, murmelt Jasper ohne zu ihnen hinüberzusehen. »Beim nächsten Mal hauen wir den Ball rein.«

Schwarz-Rot 09 greift an, kommt von links, Jasper geht dazwischen, schlägt den Ball ins Aus, will wieder nach vorn, da ist ihm plötzlich ein fremdes Bein im Weg, dem er nicht mehr ausweichen kann. Jasper fliegt und stürzt zu Boden. In seinem Bein und in seiner Schulter brennt es. Jasper weiß gar nicht, wie er sich wieder aufrichten soll.

Alle stehen um ihn herum, dann wird er zum Spielfeldrand getragen und hört, wie sein Trainer etwas von Auswechseln ruft.

Für einen Moment schließt Jasper die Augen. Das Spiel geht weiter, nur er ist nicht mehr dabei. Jemand tastet seinen Fuß ab, er beißt die Zähne zusammen und dann sind Mama, Papa und seine drei Schwestern mit ihrem Besuch auch schon bei ihm, fragen, was los ist.

»Na, was wohl?«, stöhnt Jasper und guckt entsetzt auf Sofies Kinder-Arztkoffer, aus dem sie richtige Salbe und einen Verband herauskramt. »Weg damit!«, will er sagen. »Ich brauche diesen ganzen Quatsch nicht.« Aber Toni, sein Betreuer, kommt ihm zuvor, lässt sich Salbe und Verband von Sofie geben und verarztet Jaspers Fuß.

Jasper sagt nichts, will auch die mitleidigen Blicke, die auf ihn gerichtet sind, nicht länger sehen. Ihm ist zum Heulen zumute. Seine Mannschaft kassiert nun zu allem Überfluss auch noch ein Tor. Und er kann es ihnen nicht mehr zeigen, weder der gegnerischen Mannschaft noch den Zuschauern, die still geworden sind, noch Mama und Papa, Lina, Marie und Sofie. Jasper schluckt. Wahrscheinlich hat es ihm ganz einfach Unglück gebracht, dass Bele mitgekommen ist. Und nun kann er nur dasitzen und zusehen, wie Ben, Pille, Jan und die anderen aus seiner

Mannschaft vergeblich versuchen den Ausgleich zu erzielen, wie sie einen Angriff nach dem anderen starten, mal über den rechten, dann über den linken Flügel oder auch durch die Mitte, und wie sie sich schließlich trotz aller Überlegenheit geschlagen geben müssen, weil das erlösende Tor einfach nicht fällt.

»Leute«, sagt er und humpelt ihnen nach dem Schlusspfiff entgegen. »Beim nächsten Mal knacken wir sie. Beim nächsten Mal lasse ich mich nicht wieder umsäbeln und dann machen wir sie nass.«

Die anderen nicken, verschwinden in der Umkleidekabine, und Jasper fährt mit Mama, Papa, Lina, Marie und Sofie wieder nach Hause und es gefällt ihm gar nicht, dass Bele immer noch dabei ist, dass sie neben ihm sitzt und ihm fast die Rippen zerquetscht. Keinen Ton gibt er von sich, guckt aus dem Fenster und lässt sich erst wieder aufheitern, als Mama auf die Idee kommt, Pommes frites für alle zu holen.

»Wegen mir«, sagt Sofie, als sie schließlich um die große Schüssel, um Ketchup und Mayonnaise herumsitzen, »könntest du öfter verlieren und dich verletzen lassen.« Sie kaut und schmatzt und Lina schüttelt den Kopf und erklärt: »Ich finde, Jasper hat am besten von allen gespielt. Und hätte er sich nicht den Fuß verstaucht, dann hätte seine Mannschaft wahrscheinlich gewonnen.«

Jasper sitzt da und glaubt seinen Ohren nicht trauen zu können. Solche Sätze hätte er von Lina nicht erwartet.

Er schluckt, schiebt hastig noch ein paar Pommes hinterher und denkt, dass Lina es ja wissen muss. Schließlich ist sie seine älteste Schwester und hat, obwohl sie ein Mädchen ist, Ahnung von Fußball. Jedenfalls ein bisschen. Auf jeden Fall noch genug, um sich ein Urteil darüber zu erlauben. Und genau genommen hat sie ja Recht. Wenn er nur an den Pass denkt, mit dem er Ben direkt vor das gegnerische Tor hat laufen lassen, traumhaft ist der gewesen! Und wenn Ben den Ball ins Netz gedroschen hätte, dann wäre das restliche Spiel ganz bestimmt anders verlaufen und sie säßen jetzt nicht hier, sondern immer noch auf dem Spielfeld, um ihre Tabellenführung zu feiern.

Jasper seufzt. Dass sie verloren haben, ist blöd, zu blöd. Und dass er nicht richtig auftreten kann, ist auch alles andere als witzig. Aber er wird sich wieder erholen und diese Niederlage ist die letzte gewesen, die seine Mannschaft hat hinnehmen müssen, genau wie Lina gesagt hat. Wenn er erst wieder dabei ist, wird den anderen Mannschaften das Lachen schon vergehen. Er wird mit seiner Mannschaft nach oben gelangen, ganz egal wie viele Unglücksbringer am Spielfeldrand stehen. Und eines Tages werden sie groß rauskommen, er und seine Freunde Jan, Pille und Ben.

5. *Kapitel*

Zu viert hocken sie im Schuppen von Jan und lassen die Gummibärchentüte, die Limodose und die zwei halben Streuselbrötchen herumgehen, die Pille von zu Hause mitgebracht hat. Die Niederlage gegen Schwarz-Rot 09 und der verstauchte Fuß von Jasper haben sie irgendwie zusammengeschweißt. Ein eingeschworener Club sind sie, ein Jungenclub, der sich so schnell nicht umhauen lässt. Von nichts und niemandem, denn wenn sie nur zusammenhalten, ist ihr Aufstieg so gut wie garantiert.

Sie werden berühmt sein und reich, sie werden Autogramme verteilen und Interviews im Fernsehen geben, Jan, Pille, Jasper und Ben. Zusammen werden sie um die Welt reisen und ihren Traumfußball spielen, von dem alle sagen werden: »So etwas gab es noch nie.«

Mama, Papa, Lina, Marie und Sofie werden noch froh darüber sein, dass sie zufällig zu Jasper gehören, zu dem Jasper, der Mitglied im berühmt-berüchtigten Vier-Jungen-Fußballclub ist.

»Du meinst es so gut mit uns«, werden Mama und Papa sagen, wenn er ihnen erst ein neues Haus gekauft hat und Marie ein lebendiges Pferd. Auch Sofie wird glücklich über ihren Ponyhof sein. Und Lina wird sich wahrscheinlich auch nicht über den Swimmingpool beschweren, den Jasper ihr schenken wird. Jeden Tag wird sie dann tauchen und rückenschwimmen und in der Sonne liegen können, so viel sie will.

Jasper drückt seinen Kopf gegen die Holzlatten des Schuppens. Der Regen trommelt aufs Dach. Hart werden sie trainieren müssen, sie alle vier, auf dem Fußballplatz, im Wald und an den Gewichten, denn Kraft brauchen sie ja schließlich auch. Sie werden zusammenhalten und Spielzüge einüben, die niemand außer ihnen kennt. Zu viert werden sie unschlagbar sein und niemand wird sich je zwischen sie drängen, denn sie haben nur dieses eine gemeinsame Ziel.

Feierlich ist ihnen zumute, während sie dasitzen und sich ewige Treue versprechen und gegenseitige Hilfe, auch die. Denn nur wer sich aufeinander verlassen kann, wer zusammenhält, der bringt es zu was. Und aufeinander verlassen werden sie sich können, wenn einer von ihnen in Schwierigkeiten gerät und Hilfe von den anderen braucht.

»Apropos Hilfe«, sagt Pille, nachdem es eine Weile still geblieben ist. »Vielleicht hätte ich da was.« Er macht eine Pause und setzt eine Miene auf, als müsse er sich entschuldigen für das, was jetzt kommt. »Na ja«, stammelt er, wird plötzlich rot und erklärt, dass sein älterer Bruder ihn um einen Gefallen gebeten hat, so geheim, dass er eigentlich gar nicht darüber reden darf. Aber da sie ja nun mal ein eingeschworener Club sind, geht es vielleicht. Pille nimmt ein paar Papierschnipsel in die Hand, zerreißt sie in kleinste Unterschnipsel, wirft sie wieder weg. Er holt tief Luft, sie stecken die Köpfe zusammen, hören, was Pille ihnen zuraunt. Es handelt sich um eine Zuschauerin ihres

Fußballspiels, die lange blonde Haare hat und mit einem von ihnen verwandt ist.

Alle gucken Jasper an, der nur langsam begreift, von wem die Rede ist. Keine andere als seine Schwester Lina ist anscheinend gemeint.

»Vielleicht«, fährt Pille mit gedämpfter Stimme fort, »vielleicht wäre es ja möglich, die eine oder andere Auskunft über sie einzuholen, hat mein Bruder gesagt.«

Still ist es im Schuppen, während Jasper sich aufrichtet und sagt: »Das wäre schon möglich.« So wichtig fühlt er sich auf einmal und wie der Kenner geheimster Informationen. »Was willst du wissen?«, fragt er.

Pille guckt unsicher, zuckt nur mit den Achseln.

Und so beginnt Jasper zu erzählen: wie alt seine Schwester ist, wie sie heißt, dass sie tierlieb ist und ganz gut singen kann. Auch von der Schule, in die sie geht, erzählt er, von der Narbe am Knie, die sie sich beim Rollschuhlaufen eingehandelt hat, wie groß sie ungefähr ist, dass sie Himbeerbrause mag und sonntags am längsten von allen schläft. Jasper holt Luft. Mehr fällt ihm leider nicht ein.

»Immerhin«, seufzt Pille und nickt. »Vielleicht reichen meinem Bruder diese Auskünfte ja schon.«

»Wozu braucht er sie überhaupt?« Jan fragt es und grinst.

Aber Pille verzieht keine Miene. »Das geht niemanden etwas an«, sagt er, nimmt ihnen allen das Versprechen ab, kein Wort darüber zu verlieren, nirgendwo.

»Klar«, sagen sie, »wozu sind wir denn ein Club?« Sie heben die Hand zum Schwur. Auch wenn es möglicherweise um etwas geht, was ihnen nicht ganz gleichgültig ist.

Bei näherer Betrachtung kommt Jasper jedenfalls immer mehr zu dem Schluss, dass es eigentlich nur um das Eine gehen kann. Wozu sonst braucht ein Junge denn auch geheime Auskünfte über ein Mädchen? Doch nur, wenn er von ihr etwas will.

Jasper muss sich schwer zusammenreißen, als er an diesem Tag nach Hause gehumpelt kommt und Lina an ihm vorbeirennt ohne etwas zu ahnen. Aber von ihm erfährt sie natürlich nichts, kein Sterbenswort, das ist doch Ehrensache.

Beim Abendessen kann er fast nicht anders als immer mal wieder unauffällig zu ihr hinüberzusehen und zu denken, dass sie eigentlich gar nicht so übel ist. Na ja. Sie ist jedenfalls hübsch und manchmal sogar ganz nett, obwohl sie seine Schwester ist und außerdem ein Mädchen, von denen er selbst natürlich nicht mehr als unbedingt nötig am Hals haben will. Mädchen sind Mädchen und er hält sich lieber an seine Freunde Ben, Pille und Jan, die zu seinem eingeschworenen Club gehören und ihren Kopf hinhalten für die gemeinsame Sache.

Und so grinst Jasper am nächsten Morgen auch nur kurz, als Pille noch vor der ersten Stunde zu ihm kommt, ihn beiseite zieht und erklärt: »Ich habe einen Auftrag für dich.« Unauffällig drückt er ihm ein kleines Päckchen in die Hand, vergewissert sich, dass es keine heimlichen Beobachter gibt, und fügt hastig hinzu: »Das sollst du deiner Schwester geben. Allerdings ohne zu erwähnen, von wem.«

»Wird erledigt«, erwidert Jasper und lässt das Päckchen

eilig in seiner Tasche verschwinden. Er nickt Pille viel sagend zu. Der dreht sich um und setzt eine Miene auf, als langweile er sich bereits seit Stunden und wünsche sich nichts sehnlicher als Frau Stramm und den Beginn der Mathestunde herbei.

Jasper lässt sich schon mal auf seinem Platz nieder, legt den rechten Fuß hoch, der immer noch geschmückt ist mit einem dicken Verband. Viel zu schnell ist die Schwellung wieder abgeklungen und auch den Schmerz spürt er nur dann noch, wenn er sich alle Mühe gibt und den Fuß, so weit es geht, zur Seite zu drehen versucht. Aber ganz verheilt ist die Verstauchung eben noch nicht und deswegen passt Jasper vorsichtshalber auf. Verschleppen will er seine Verletzung schließlich auch nicht.

»Tut's noch weh?«, fragt Anna-Lena, die zwei Plätze hinter ihm sitzt, bleibt stehen und guckt mitleidig auf den Verband.

Jasper zuckt mit den Achseln. »Klar tut es weh«, sagt er, »aber wenn man die Zähne zusammenbeißt, hält man es schon irgendwie aus.«

Dann kommt Frau Stramm und alle sausen auf ihre Plätze. Frau Stramm ist nämlich auch stramm und außerdem streng und hält immer mal wieder eine Überraschung für sie bereit. Heute will sie einen Test mit ihnen schreiben, um zu sehen, wo die Klasse steht.

Alle stöhnen, auch Jasper, dann ist es mucksmäuschenstill und die Schüler sind in ihre Aufgaben vertieft.

Jasper rechnet und schreibt und merkt, wie die Tinte in seinem Füller sich langsam dem Ende zuneigt. Wenn er Ben neben sich fragt, dann denkt Frau Stramm vielleicht, sie tauschten ihre Ergebnisse aus. Jasper kaut auf seinem Füller, überlegt und kramt schließlich auffällig in seiner Tasche. Irgendwie muss er an seine Federmappe kommen, in der sich ein ganzes Paket voller Ersatzpatronen befindet, und das darf Frau Stramm auch ruhig sehen.

»Jasper!«, sagt sie. »Was machst du da?«

Jasper wird rot, obwohl er doch nichts zu verbergen hat. Er fängt an zu stammeln und dann steht Frau Stramm auch schon da, wirft einen Blick in seine Tasche und ihm bleibt das Herz beinahe stehen. Wenn sie nun das kleine Päckchen von Pilles Bruder Tilman entdeckt und es auspackt?

»Nein«, will er sagen, »meine Tasche geht Sie nichts an!« Ihm ist schwindelig und er überhört fast, wie Frau Stramm seufzt und sagt: »Wen ich beim Schummeln erwische, dem wird das Lachen vergehen.«

Jasper schluckt. Er kann sich nicht erinnern, in der letzten halben Stunde auch nur ein Mal gelacht zu haben, aber natürlich wagt er es nicht, Frau Stramm darauf hinzuweisen. Er murmelt nur etwas von »Füllerpatrone« und »leer«, bekommt von Ben gleich eine neue zugeschoben und ist froh, als die Stunde endlich vorbei ist und er die Aufgaben geschafft hat.

In der Pause wirft er noch einmal einen Blick auf das kleine Päckchen, das immer noch in seiner Schultasche liegt. Er hat es nicht vergessen, im Gegenteil. Seit Pille es ihm in die Hand gedrückt hat, muss er immer wieder daran denken und fragt sich, was wohl darin ist, den ganzen Vormittag lang.

Nach der Schule jedenfalls macht er sich gleich auf den

Weg, geht erst gar nicht an der Bäckerei vorbei, so wie sonst, sondern wählt den kürzesten Weg, weil er seinen Fuß ja auch nicht überanstrengen darf.

Was Lina wohl zu dem Päckchen sagen wird? Vielleicht wird sie rot? Sicher fragt sie gleich: »Von wem ist denn das?«

Jasper seufzt. Von ihm wird sie nichts erfahren, so viel steht fest. Wenn sie ihn fragt, wird er nur mit den Achseln zucken, eine bedeutungsvolle Miene aufsetzen und erklären: »Tut mir Leid. Ich habe einen Auftrag bekommen und der ist hiermit erfüllt.«

Lina wird wahrscheinlich trotzdem nicht lockerlassen, wird ihn verrückt machen und immer wieder fragen, ob er nicht wenigstens mit dem Anfangsbuchstaben des Namens herausrücken kann. Aber Jasper wird standfest bleiben; über seine Lippen wird kein Punkt und kein Komma kommen und schon mal gar kein Anfangsbuchstabe eines Namens, der streng geheim bleiben muss.

Jasper will schon fast bei Rot über die Ampel, weil es ihm vorkommt, als springe sie erst in zwei Stunden wieder um, da stutzt er plötzlich und vergisst für einen Moment, wie eilig er es eigentlich hat, weil er nicht ganz glauben kann, was er da sieht. Eine Frau in einem Rollstuhl fährt auf der anderen Straßenseite vorbei und hintendrauf steht ein Mädchen, das eine rote Jeansjacke trägt; steht da und wippt und erzählt und lacht mit der Frau. Jasper vergisst sogar seinen Mund zuzumachen, so sehr ist er mit Hinüberstarren beschäftigt. Kann das denn sein?

Aber es gibt keinen Zweifel, es ist Bele, die auf dem Rollstuhl steht, und die Frau, mit der sie fährt, scheint ihr ziemlich vertraut. »He!«, will er schon rufen, will winken und sich bemerkbar machen, besinnt sich dann aber und ist eigentlich ganz froh, dass Bele ihn noch nicht gesehen hat. Was soll er denn machen, wenn sie zu ihm kommt? Außerdem ist Bele ja auch nicht seine, sondern Maries Freundin und er hat mit ihr eigentlich überhaupt nichts am Hut.

Jasper sieht den beiden nach, wie sie um die nächste Ecke biegen, und während er endlich die Straße überquert, denkt er, dass er Marie mal fragen muss, ob sie weiß, wer die Frau im Rollstuhl gewesen sein kann. Beles Mutter doch wohl nicht, oder?

Auf einmal hat Jasper es nicht mehr so eilig. Irgendwie hat ihn dieser Anblick durcheinander gebracht, obwohl er selbst nicht weiß, warum, denn schließlich hat er schon viele Leute in Rollstühlen gesehen. Und Kinder, die hintendrauf stehen, sind ja auch nicht gerade eine Seltenheit. Und was sollen die schon anderes machen als wippen und lachen?

Jasper steckt die Hände in die Hosentaschen. Er wird Marie nicht fragen. Selbst wenn die Frau im Rollstuhl Beles Mutter gewesen ist, so hat er doch nichts damit zu tun und Marie weiß möglicherweise nicht mal, wovon er spricht. »Seit wann interessierst du dich für Bele?«, wird sie ihn lediglich fragen, wenn er davon anfängt, und sie wird ein Grinsen dazu aufsetzen, das ihn schon jetzt wütend macht. Nein, Jasper hat wirklich Wichtigeres zu tun als sich um die Rollstühle anderer Leute zu kümmern und außerdem hat er einen Auftrag in der Tasche, der endlich ausgeführt werden will.

Auf der Treppe nimmt Jasper immer zwei Stufen auf

einmal, er merkt von der Verletzung in seinem Fuß so gut wie nichts mehr. »Ist Lina da?«, fragt er noch in der Tür.

»Lina?« Mama schüttelt den Kopf. »Die ist beim Schwimmunterricht«, sagt sie, »wie jeden Donnerstag. Aber wozu brauchst du sie jetzt?«

Jasper überhört ihre Frage ganz einfach, weil ihm so schnell keine Antwort einfällt. Er geht in sein Zimmer, kramt das Päckchen schon mal aus seiner Tasche, legt es auf sein Bett, setzt sich davor. »Na und?«, sagt er zu sich selbst und streicht über das grüne Packpapier. »Was wird schon drin sein?« Ein paar alte, zerrissene Zeitungsstücke vielleicht, ein angebissenes Wurstbrot oder eine verschrumpelte, halb verschimmelte Möhre?

Jasper kann seinen Blick nicht davon abwenden. Eine halb verschimmelte Möhre, sagt er sich und grinst. Lina wird schön gucken, vor allem da das Päckchen nicht danach aussieht. Plötzlich kann Jasper nicht mehr anders. Er hält das Päckchen in der Hand, wiegt es und dann macht er es ganz schnell mal auf.

Ein rotes Herz aus Plastik ist darin und zwei Tüten Himbeerbrause. Darunter liegt ein Zettel, auf dem steht: »Für dich. Von einem, der irgendwie im Gefühl hat, dass du Himbeerbrause gern magst (und dich schon lange nett findet und endlich mal treffen will)«.

Jasper klopft das Herz. Er hat Recht gehabt. Pilles Bruder Tilman hat es tatsächlich auf seine Schwester Lina abgesehen, auf seine Schwester Lina! Am liebsten würde Jasper aufspringen, um es allen zu erzählen. Aber er hat Pille ja etwas versprochen. Und was er verspricht, das hält er auch, das wird Pille schon sehen.

So gut er kann, packt er das Päckchen wieder ein, schiebt es unter sein Kopfkissen, lauscht, was sich vor seiner Zimmertür tut. Lina ist noch nicht zurück. Dass er schnell mal einen Blick auf den Inhalt des geheimnisvollen Päckchens geworfen hat, wird doch wohl erlaubt sein. Schließlich ist er der Bote und muss sichergehen, dass er seiner nichts ahnenden Schwester keine Bombe überbringt. Und überhaupt. Lina muss ja nichts davon erfahren.

Jaspers Gewissen ist wieder beruhigt. Er sitzt wenig später mit den anderen am Tisch und isst einen ganzen Teller Blumenkohlauflauf, obwohl der nicht gerade zu seinen Leibgerichten gehört. Marie erzählt von der Klassenarbeit, die sie geschrieben hat, und Sofie zeigt ihnen die Stelle am Arm, an der sie auf dem Nachhauseweg in einen Brennnesselbusch gedrückt worden ist. Jasper sieht sich das an, aber er sagt nichts dazu und fragt auch nicht, nichts und niemanden. Nach dem Essen erledigt er seine Hausaufgaben, ohne dass Mama ihn daran erinnern muss, kickt mit einem Tennisball durch sein Zimmer, und als er Lina endlich kommen hört, zieht er das Päckchen von Tilman unter seinem Kopfkissen hervor, wartet einen günstigen Augenblick ab, geht zu ihr hinüber und sagt: »Ich hab da was für dich. Aber es ist höchst geheim und mehr erfährst du von mir jedenfalls nicht.«

6. *Kapitel*

Die ganze Familie weiß inzwischen von Linas geheimnisvollem Päckchen. Sofie ist schuld, die anscheinend hinter einer Ecke gestanden hat und heimliche Zeugin der Übergabe geworden ist. Jedenfalls hat sie nichts Besseres zu tun gehabt als allen davon zu erzählen. Und alle, selbst Papa und Mama, haben sich für den Inhalt des Päckchens interessiert und bei Lina nachgefragt. Aber Lina hat nur etwas von Privatangelegenheiten gemurmelt und jede weitere Auskunft verweigert.

»Vielleicht weiß Jasper ja mehr?«, hat Marie es irgendwann anders versucht. Und da hat selbst Lina aufgehorcht und für einen kurzen Moment zu ihm herübergesehen. Wahrscheinlich hat sie gehofft, dass er sich verplappert und endlich verrät, wer der Absender ist.

Aber Jasper hat sich nicht verplappert. Er hat dagesessen und unschuldig mit den Achseln gezuckt. »Ich weiß nicht, wovon ihr redet«, hat er arglos gesagt und dabei versucht nicht länger an das Herz und die Himbeerbrause und Pilles Bruder Tilman zu denken, obwohl er genau das die ganze Zeit musste, jedenfalls solange Lina in der Nähe war.

Jasper seufzt. Er zieht sich aus, krabbelt unter seine Decke und verschränkt die Arme hinter dem Kopf.

Wenn Lina nicht weiß, von wem das Päckchen stammt, denkt er, dann kann sie sich ja auch gar nicht bedanken.

Oder sich richtig darüber freuen. Vor allem über den Zettel, auf dem immerhin etwas steht, was man nicht alle Tage geschrieben bekommt, auch dann nicht, wenn man Lina heißt und schon ein bisschen älter ist.

Jasper überlegt. Einen kleinen Tipp sollte er ihr vielleicht geben. Einen ganz kleinen nur, damit sie nicht die ganze Nacht dasitzt und sich den Kopf darüber zerbricht, wer der Junge gewesen sein könnte. Wie sollen sie sich denn überhaupt treffen, wenn Lina ihm nicht antworten kann?

Jasper zögert. Er könnte Lina ja kurz ins Badezimmer bitten, um ihr dort zu verstehen zu geben, dass er den Jungen, um den es geht, kennt und ihr behilflich sein kann, falls sie die Unwissenheit nicht länger aushält. Mit einem Kopfschütteln oder Nicken kann er, wenn es sein muss, auf ihre Fragen antworten, denn sagen darf er ja nichts, das hat er ganz fest versprochen. Er kann ... Jasper hält inne. Hat es da nicht geklopft? Kerzengerade sitzt er in seinem Bett, da klopft es wieder und er ruft: »Was gibt's?«

Ausgerechnet Lina ist es, die den Kopf zur Tür hereinsteckt.

Jasper schnappt nach Luft und sagt: »Gut, dass du kommst!« Aber dann weiß er nicht mehr, wie er weitermachen soll. »Jedenfalls«, stammelt er und merkt, dass er rot anläuft, »jedenfalls ...« Er verhaspelt sich und dann kommt Lina ihm schließlich zuvor und sagt: »Hör zu! Wer auch immer der geheimnisvolle Päckchenverschicker gewesen sein mag, ich will es nicht wissen, jedenfalls nicht aus deinem Mund.« Sie hält inne und Jasper starrt sie nur an. »Ich habe ihm etwas geschrieben«, fährt Lina jetzt fort, zieht einen kleinen Briefumschlag aus ihrem Ärmel hervor und drückt ihn Jasper in die Hand. »Gibst du ihm das?«

Jasper nickt, und noch bevor er Lina überhaupt antworten kann, ist sie schon wieder zur Tür hinaus. »Danke, Bruderherz!«, hört er sie noch rufen. Dann ist er wieder allein, sitzt da, mit dem kleinen Brief in der Hand, den er Tilman überbringen soll.

Jasper dreht und wendet ihn nach allen Seiten, schnuppert sogar kurz daran, als könne man etwas von dem, was Lina geschrieben hat, riechen. So gern wüsste er, was es ist! Eine Liebeserklärung vielleicht? Jasper schluckt. Noch nie hat er eine echte Liebeserklärung gelesen. Aber wenn Lina den Päckchenverschicker doch gar nicht kennt?

Seufzend lässt er sich in sein Kissen fallen, legt aber den Brief nicht aus der Hand. Vom Flur hört er die Stimmen von Mama und Papa. Linas hört er auch. Türen gehen. Dann ist alles still.

Jasper löscht das Licht und starrt in die Dunkelheit. Der Brief juckt in seiner Hand. Wie soll er denn jetzt überhaupt schlafen? Langsam zieht Jasper die Hand mit dem Brief unter seine Bettdecke, sucht nach der Taschenlampe, leuchtet den Briefumschlag an. Lina hat ihn fest zugeklebt, leider. Und darauf geschrieben hat sie: »An den unbekannten Päckchenverschicker. Absender: Lina«.

Jasper schließt die Augen, öffnet sie gleich wieder, lauscht, ob draußen immer noch alles still ist, und dann macht seine Hand es fast von allein – öffnet den Briefumschlag, obwohl sein Kopf weiß, dass er es nicht darf. Er darf es nicht, aber seine Hand macht es, zieht den Brief aus dem Umschlag heraus und das Licht der Taschenlampe fällt auf die Zeilen, über die seine Augen nun gehen. »Lieber Päckchenverschicker«, liest er, »danke für das Herz und die Himbeerbrause. Woher wusstest du, dass ich sie mag? Dein Zettel war schön, aber warum hast du deinen Namen nicht darunter geschrieben? Traust du dich nicht? Das finde ich blöd. Vielleicht hast du ja Lust, dich noch mal zu melden, aber bitte nur, wenn du auch sagst, wer du bist. Viele Grüße und hoffentlich bis bald, Lina«.

Jasper faltet den Brief eilig wieder zusammen, steckt ihn in den Umschlag zurück. Auf einmal fühlt er sich schlecht. Er hat sich in Linas Angelegenheiten eingemischt, obwohl sie ihn nichts angehen, das weiß er schließlich genau. Und es stimmt, was sie schreibt. Wenn man etwas ohne Namen wegschickt, ist es irgendwie blöd, auch wenn Tilman sich dabei sicher nichts gedacht hat. Aber wahrscheinlich hatte er Angst, dass Lina über ihn lacht.

Jasper beißt sich auf die Lippe. Linas Brief gefällt ihm irgendwie gut, und wenn Tilman ihn liest, meldet er sich vielleicht wieder und sagt, wer er ist. Die Frage ist nur, wie Jasper den Umschlag wieder so hinbekommt, dass es aussieht, als habe ihn nie jemand geöffnet. Ihn mit Tesafilm zuzukleben fällt auf. Also mit Uhu vielleicht? Jasper schlägt die Bettdecke zurück, leuchtet mit der Taschenlampe seine Schreibtischschublade ab, findet zwischen Malblättern, Büroklammern, Witzfiguren und ein paar Nüssen, die vom letzten Weihnachtsfest übrig geblieben sind, eine halb vertrocknete Klebstofftube, kriecht damit wieder in sein Bett und macht sich eilig daran, den Brief mit dem Umschlag möglichst unversehrt aussehen zu lassen. Vielleicht kann er ihn ja zusätzlich noch einmal knicken oder in den Regen halten, falls es morgen früh welchen gibt, dann fällt es ganz bestimmt nicht mehr auf.

Endlich steckt Jasper den Brief in seine Schultasche, kuschelt sich wieder unter die Decke. Und er denkt daran, was wohl passiert, wenn Tilman sich noch mal meldet und Lina ihn mag. Dann hat Lina vielleicht bald einen Freund, einen, der sie auch küsst und Hand in Hand mit ihr geht. Jasper muss grinsen. Eigentlich wäre er ganz gern dabei, wenn es wirklich passiert. Genau genommen gehört er ja dazu, denn ohne seine Botengänge liefe doch nichts. Auch Pille dürfte nicht fehlen, mal ganz abgesehen davon, dass sie dann sowieso miteinander verwandt wären, wogegen Jasper nichts einzuwenden hätte und Pille wahrscheinlich auch nicht, denn immerhin gehören sie ja alle zum Club.

Der Wecker neben seinem Bett tickt leise. Trotzdem hört Jasper ihn gut. Er ist müde und gleichzeitig hellwach, kann die Gedanken nicht abstellen, die durch seinen Kopf wandern und neu für ihn sind. Weil manches sich ändert und man plötzlich mit seinen eigenen Freunden verwandt werden kann, die es vielleicht eines Tages auch noch erwischt. Schließlich gucken die Mädchen nach den Jungen und die Jungen nach den Mädchen. Mit Ausnahme von ihm, er macht bei dem Ganzen nicht mit. Er wird nur dabeistehen und zugucken.

Jasper schließt die Augen, und bevor er endlich einschläft, denkt er noch, dass Pilles Bruder Tilman hoffentlich wieder schreibt oder anruft oder gleich vorbeikommt. Jasper wird ihm gerne die Tür öffnen, denn er findet längst, dass wieder mal etwas passieren könnte, weil das Leben doch viel zu eintönig ist. Eintönig und langweilig und ohne das Küssen und Schmusen und die Liebe hätte man wahrscheinlich bald nichts mehr zu lachen und zum Sich-darüber-Freuen.

Noch vor der ersten Stunde hat Jasper Pille den Brief übergeben und hat, weil Pille beim Anblick des Umschlags gestutzt hat, erklärt: »Ich bin über einem Gully ausgerutscht und konnte ihn gerade noch retten. Hauptsache, dein Bruder bekommt ihn überhaupt.«

Pille hat genickt und einen viel sagenden Blick aufgesetzt. »Hauptsache«, hat er gemurmelt und das Thema war damit erledigt. Jasper ist froh. Denn bei Tageslicht hat der Briefumschlag doch irgendwie sehr verdächtig ausgesehen und deshalb hat er den Brief vorsorglich noch ein bisschen behandelt. Mit Straßendreck und Pfützenwasser, mit anschließendem Zerknüllen und wieder Glattstreichen. Zum Glück hat Lina davon nichts gesehen, sonst hätte sie wahrscheinlich einen Aufstand gemacht.

Jasper kippelt mit seinem Stuhl. Die Deutschstunde mit Frau Flieger könnte, wenn es nach ihm ginge, gut und gerne schon vorbei sein, aber leider hat sie gerade erst begonnen. Genau gesagt vor neun Minuten und fünfzehn Sekunden, was bedeutet, dass noch fünfunddreißig Minuten und jetzt dreiundzwanzig Sekunden zwischen ihnen und dem nächsten Klingelzeichen liegen. Frau Flieger scheint dies zu gefallen. Jedenfalls hat sie sich mitten aufs Pult gesetzt mit ihren engen Jeans, hat ihr Buch in die Hand genommen und gesagt: »Am besten hört ihr mir jetzt einfach mal zu.«

Jasper kann nicht aufhören zu kippeln. Trotzdem tut er Frau Flieger den Gefallen und hört zu, weil ihm sowieso gerade nichts Besseres einfällt. Und weil auch Ben dasitzt und auf Frau Flieger guckt und hört. Es ist vielleicht auch gar nicht mal schlecht, was sie jetzt vorliest. Na ja, die Geschichte ist irgendwie spannend. Sie handelt von einem Mädchen, das sich auf den Weg macht, um den Jungen wiederzusehen, der ihr vor einem Jahr, als der Zirkus in der Stadt war, eine Freikarte geschenkt hat. Sie hat die Freikarte nicht gewollt und ist auch nicht in den Zirkus gegangen. Aber den Jungen hat sie nicht vergessen. Als sie ihn schließlich wiederfindet, schenkt sie ihm einen Ring und er lädt sie in die nächste Vorstellung ein. Danach stehen sie da und er gibt ihr einen Kuss. Frau Flieger hält einen Moment inne und ein paar in der Klasse können das Kichern natürlich nicht lassen. Jasper kann es ganz gut. Was ist schon dabei, wenn von einem Kuss die Rede ist? Von solchen Sachen hört er doch alle Tage!

Er kippelt und kippelt und Frau Flieger liest weiter vor.

Das Mädchen und der Junge werden jedenfalls ein Paar und der Sommer fängt an. Erst als der Herbst kommt, ist es mit ihnen wieder vorbei.

Die Geschichte ist schön und irgendwie traurig. Sagt Anna-Lena jedenfalls, als Frau Flieger das Buch wieder zuklappt und fragt, ob es ihnen gefallen hat oder nicht. Die meisten in der Klasse geben Anna-Lena Recht. Selbst Ben, über den Jasper sich schon ein bisschen wundert. Seit wann findet Ben solche Geschichten gut? Jasper mustert seinen Freund von der Seite und fragt sich, ob er bald auch einer von denen ist, die nichts anderes als diesen Weiberkram im Kopf haben. Und da passiert's. Mit lautem Gepolter stürzt Jaspers Stuhl um und Jasper mit ihm.

Einen Moment ist es still, aber dann, als Jasper sich etwas benommen erhebt, erntet er stürmischen Applaus.

Frau Flieger lacht, und als es wieder still ist, sagt sie augenzwinkernd: »Ich hätte nicht gedacht, dass dich eine Liebesgeschichte gleich umwirft.«

Jasper wird rot, knallrot, obwohl er das nicht im Geringsten will. »Quatsch«, kann er gerade noch sagen, mehr fällt ihm leider nicht ein. Frau Flieger hat ja keine Ahnung! Das Gejohle der Klasse bleibt ihm nicht erspart. Er setzt sich wieder hin ohne zu kippeln, zuckt mit den Achseln und lässt alles über sich ergehen, guckt so lässig wie möglich, obwohl sein Kopf nur langsam wieder aufhört zu glühen. Sollen sie sich doch lustig machen, denkt er, schließlich weiß er es trotz allem immer noch besser als sie.

Die Stunde ist fast schon zu Ende, da bekommt er einen Zettel von Anna-Lena zugesteckt, auf dem steht: »Ich fand dich trotzdem süß.«

Jasper guckt Anna-Lena nicht an, als die Stunde endlich aus ist und sie sich alle auf den Weg in die Turnhalle machen.

Erst als sie Basketball spielen, fällt ihm auf, dass Anna-Lena irgendwie hübsch ist, aber dass sie leider kein bisschen dribbeln oder einen Pass spielen kann. Auch der Rest ihrer Mannschaft ist nicht viel mehr als ein Gurkenverein, gegen den Jasper mit Pille und Ben deswegen haushoch gewinnt.

Jasper ist wieder versöhnt. Und er versucht einfach keinen Gedanken mehr an Frau Flieger und die Deutschstunde zu verschwenden, genau wie an den Zettel, den

Anna-Lena ihm zugesteckt hat. Er hat sich erstens vorgenommen mit seinem Stuhl nicht mehr zu kippeln und zweitens findet er, dass Anna-Lena spinnt, wenn sie behauptet, er wäre süß. Schokolade ist süß und Marzipan, aber doch wohl kein Junge!

Erst mittags, als Jasper zu Hause ist, fällt ihm der Brief seiner Schwester Lina wieder ein. Wie von selbst wandert sein Blick zum Telefon. Wer weiß, vielleicht ruft Tilman gleich an?

Lina scheint das alles längst vergessen zu haben. Jedenfalls merkt Jasper nichts von einem fragenden Blick oder einem verschwörerischen Lächeln und so sagt er, als sie bei Spinat mit Kartoffeln und Spiegelei sitzen: »Ach, übrigens ist der Auftrag erfüllt.« Er nickt Lina viel sagend zu und Marie und Sofie haben auch schon ihre Ohren gespitzt.

»Was für ein Auftrag?«, fragt Marie und Sofie fragt hinterher: »War der etwa geheim?«

Lina verdreht ihre Augen. »Wenn man dich mal um etwas bittet«, sagt sie nur und wirft Jasper einen giftigen Blick über den Tisch zu.

Jasper tut, als wüsste er nicht, was sie meint. Er ist sich keiner Schuld bewusst. Denn erstens hat er ihren Brief doch mit keiner Silbe erwähnt und zweitens hat sie ihm auch nicht aufgetragen das Ganze wie ein Indianergeheimnis zu hüten. Er lädt sich noch eine Extraportion Spinat auf den Teller und mischt sich auch nicht weiter ein, als Marie und Sofie darüber rätseln, um welchen Auftrag es denn wohl gegangen sein mag.

»Wartet es nur ab«, sagt er, während er die letzten Reste

von seinem Teller kratzt, »man kann nie wissen, was noch alles passiert.«

»Jetzt reicht's mir aber!« Lina steht auf, und bevor sie hinausgeht, kriegt sie noch ein Ohr von Jasper zu fassen, kneift kurz hinein.

»He!«, ruft er und gibt ihr einen Stoß in den Rücken.

»Jasper!«, schimpft Mama, als Lina endlich zur Tür hinaus ist. »Was fällt dir ein?«

»Ja, was denn? Soll ich mir etwa gefallen lassen, dass sie mich kneift?«

Mama lässt sich nicht beeindrucken von der Wut, die nun in Jasper hochsteigt. »Ich spreche von dem, was vorher war«, sagt sie. »Was sollten deine Andeutungen? Du kannst dir doch denken, wozu so was führt!«

Jasper schnappt nach Luft, überlegt noch, wie er Mama die Sache erklären soll, da klingelt das Telefon und Jasper springt auf, rennt hin, schüttelt mit einem Räuspern all seinen Ärger ab und meldet sich freundlich.

Statt der Jungenstimme, mit der er rechnet, kommt von der anderen Seite aber die eines Mädchens, die ihm auch nicht ganz unbekannt ist. »Tag, Jasper! Hier ist Bele. Ist Marie gerade zu sprechen?«

»Ja, das heißt ...« Jasper schluckt. Das Bild mit dem Rollstuhl, auf dem sie wippend stand, ist plötzlich wieder da und für einen Moment überlegt er, ob er ihr erzählen soll, dass er sie gesehen hat. Aber vielleicht klingt das ja blöd und Mitleid will sie bestimmt nicht und außerdem geht es ihn sowieso nichts an und interessiert ihn ja auch nicht. »Ich hole sie dir«, sagt er, legt den Hörer neben das Telefon und ruft nach Marie. Beim nächsten Mal, denkt er, fragt er vielleicht. Oder er sagt einfach: »Ich hab dich gesehen und wollte gern von dir wissen, ob das deine Mutter war oder vielleicht eine Tante.«

Jasper kaut auf seiner Lippe, während er zu den anderen zurückgeht und sagt: »War nur für Marie.«

»Und warum bist du dann rot?«, fragt Sofie.

»Ich?« Jasper steht da und weiß keine Antwort, stammelt irgendwas, nimmt sich schließlich ein paar Teller und bringt sie in die Küche. Irgendeiner muss sich ja schließlich mal um die Sauberkeit kümmern. Bewaffnet mit einem Wischtuch kehrt Jasper zurück, macht sich daran, den Tisch blitzblank zu putzen, bereut schon fast, was er angefangen hat, und ist heilfroh, dass es in diesem Augenblick an der Tür klingelt. »Kinder!«, sagt Mama. »Wie in einem Taubenschlag ist das hier.«

Kurz schießt Jasper noch durch den Kopf, ob das vielleicht schon der ist, auf den er insgeheim wartet, und auch Marie scheint irgendwie neugierig geworden zu sein, steht erwartungsvoll an der Tür, aber wen sie dann mitbringt, das ist Jaspers Freund Ben, der ein Gesicht macht wie sieben Tage Regenwetter.

»Oh«, sagt Jasper, »gut, dass du kommst!« Er verzieht sich mit seinem Freund in sein Zimmer. »Was ist los?«

Ben schnauft. Er lässt sich auf Jaspers Bett nieder und sieht aus, als würde er gleich losheulen. »Dicke Luft«, sagt er leise. »Total dicke Luft.« Er schluckt und Jasper weiß gar nicht, was er machen soll.

»Zu Hause?«, fragt er nur.

Ben nickt. »Wo denn sonst?«

Dann sitzen sie da, alle beide, schweigen und das Einzige, was man hören kann, ist Musik, die aus dem Zimmer der Mädchen kommt.

»Aber sie vertragen sich doch wieder, oder nicht?«, fragt Jasper, nachdem es eine Weile still geblieben ist.

In Bens Gesicht zuckt es. »Meine Mutter hat meinem Vater gesagt, sie hält es mit ihm nicht mehr aus«, erzählt er und seine Stimme klingt irgendwie heiser. »Weil er nie mit ihr redet und sie sowieso nicht versteht.«

Jasper nimmt einen Flummi aus dem Regal. »Glaube ich nicht«, sagt er und wirft den Flummi gegen die Wand. »Das hat sie bestimmt nicht so gemeint.«

»Doch«, sagt Ben, »das hat sie.«

»Aber sie hat doch schon öfter so was gesagt«, versucht Jasper es weiter.

Ben nickt. »Immer wieder hat sie davon angefangen«, sagt er, »hat auch schon tausendmal gesagt, sie geht weg.«

Der Flummi springt von der Wand auf den Boden, vom Boden an die Decke und von dort wieder auf den Boden zurück.

»Na also«, fährt Jasper fort. »Dann warte erst mal ab, bevor du dir beide Augen ausheulst.«

»Wieso«, sagt Ben, »ich heule doch nicht.«

Jasper kann genau sehen, dass Bens Mund sich verzieht und die ersten Tränen ihm übers Gesicht laufen. »Scheiß-Eltern!«, schimpft er, weil ihm nichts anderes einfällt.

Ben schluchzt, zieht die Nase hoch und sagt: »Seit wann hast du es nötig, dich über deine Eltern zu beschweren? Ich wünschte, ich hätte solche wie du.« Er stockt, wischt sich die Tränen aus dem Gesicht. »Und wenn du es schon wissen willst«, fügt er hinzu, während es um seinen Mund wieder so verdächtig zuckt, »selbst deine drei Schwestern würde ich nehmen.«

Jasper starrt Ben an, weiß gar nicht, wie ihm geschieht. Was ist nur in seinen Freund gefahren, dass er plötzlich solches Zeug von sich gibt? »Immer mit der Ruhe«, sagt er und denkt, dass er Ben vielleicht auf andere Gedanken bringen muss. Auf Fußball zum Beispiel und ihre gemeinsamen Pläne, was die Zukunft betrifft.

»Vielleicht«, sagt Ben nun kleinlaut in seine Gedanken hinein, »würden mir ja auch zwei von deinen Schwestern schon reichen oder ...« Er zögert, schnäuzt sich erst mal. »Eine allein täte es zur Not wahrscheinlich auch.«

Jasper holt tief Luft. »Ich schenke sie dir«, sagt er. »Such dir eine aus!« Er kann es immer noch nicht fassen, was er gerade aus dem Mund seines besten Freundes gehört hat.

»Hauptsache«, fährt Ben nun halb entschuldigend fort und in seinem Gesicht ist nichts mehr von einem Zucken zu sehen, »Hauptsache, man hat so eine Art Familie. Wer genau dazugehört, spielt doch eigentlich überhaupt keine Rolle.«

»Wenn du meinst«, entfährt es Jasper nur, bevor sein Flummi in Rekordgeschwindigkeit wieder von Wand zu Wand springt. Er will Ben gerade ein paar Beispiele bringen, da geht die Tür plötzlich auf und Lina steht da.

»Ich suche mein dunkelblaues T-Shirt«, sagt sie. »Hast du es dir zufällig geliehen?«

»Ich?« Jasper schüttelt den Kopf. »Was soll ich damit? Ich habe selber genug.«

Lina verzieht ihr Gesicht. »Mist«, sagt sie, bleibt noch

einen Moment stehen, wo sie steht, wendet sich Ben zu, lächelt ihn an und fragt: »Geht's dir wieder besser?«

»Mir?« Ben sitzt da und Jasper kommt es vor, als hätte sein Freund plötzlich einen Knoten im Hirn. »Ja, ja, das heißt nein«, hört er ihn stammeln, »eigentlich schon.« Er sieht das Lächeln in Bens Gesicht und die Farbe, die sich eindeutig zum dunkleren Rot hin verändert. »Geht schon«, murmelt Ben jetzt.

Lina nickt. »Zum Glück«, sagt sie. »Du hast mir wirklich Leid getan, vorhin.« Sie hört mit ihrem Lächeln nicht auf. Und Bens Gesicht verfärbt sich noch mehr. Jasper muss weggucken, bis Lina sich endlich wieder verzieht.

»Tja«, sagt Jasper und seufzt.

Ben seufzt auch.

Jasper fühlt sich irgendwie fremd in seinem eigenen Zimmer. Der Flummi springt wieder los, Bens Gesichtsfarbe kehrt langsam in den Bereich des Normalen zurück, aber Jasper ist noch nicht beruhigt. »Komm!«, sagt er, steht auf und zieht Ben hinter sich her. »Ich wollte sowieso noch mal sehen, was sich draußen in der Welt gerade so tut.«

7. *Kapitel*

Ben drängt es an diesem Tag gar nicht wieder nach Hause. Jasper kann das ja verstehen. Den ganzen Nachmittag haben sie draußen verbracht, waren Fußball spielen, Fahrrad fahren und verlassene Schuppen in Augenschein nehmen, und Ben hat, wie es Jasper schien, an die dicke Luft und den Streit seiner Eltern so gut wie überhaupt nicht mehr gedacht. Jedenfalls ist er mehr und mehr zu dem Ben geworden, den Jasper kennt. Der Witze macht und mit dem er sich fast blind versteht, wenn es darum geht, Pläne gegen den bevorstehenden Angriff verfeindeter Banden zu schmieden oder sich durchzusetzen gegen die Übermacht von Marie, Sofie und Bele, die noch zu Besuch gekommen ist, die schließlich mit ihnen am Tisch sitzt und Marmeladenbrote verdrückt, einen riesigen Berg.

Jasper und Ben schaffen trotzdem noch ein paar mehr, während sie dasitzen und sich die neuesten Witze erzählen, und fast findet Jasper es schade, dass Bele irgendwann aufsteht und sagt: »Ich muss gehen.«

Marie bringt sie zur Tür. Als sie wiederkommt, sagt Sofie: »Aber es stimmt doch, dass Beles Mutter nicht mehr laufen kann, oder?«

»Klar stimmt es«, erwidert Marie und macht ein Gesicht dazu, als gehörte diese Neuigkeit ihr. »Sie hatte einen Unfall, als Bele zwei war.«

Jasper schluckt. Und Sofie sagt: »Arme Bele.«

»Quatsch!« Marie verzieht ihr Gesicht. »Für Bele ist das vollkommen normal. Sie kann sich an nichts anderes erinnern. Auch nicht an ihren Vater, der seitdem nicht wieder aufgetaucht ist.«

Jasper wirft Ben einen Seitenblick zu, und weil er nicht vorhat Ben aufs Neue in Traurigkeit versinken zu lassen, stößt er ihn mit dem Ellenbogen an und sagt: »Irgendwie geht alles schon weiter, und wenn du willst, schläfst du heute Nacht hier. Das ist sowieso längst wieder mal fällig, findest du nicht?«

Ben seufzt. Er holt tief Luft, dann nickt er und Jasper springt auf, um Mama von der Dringlichkeit zu überzeugen. Mal ganz abgesehen davon, dass Freitag ist und sie samstags nicht in die Schule müssen und ja nun wirklich keine Babys mehr sind, auf die man die ganze Zeit aufpassen muss.

Jasper findet, Mama kann gar nicht anders als es erlauben. Ben, der inzwischen dazugekommen ist, findet das übrigens auch. Nur Mama, der ist das irgendwie noch nicht klar. »Aber wir sind doch heute Abend im Theater, Papa und ich«, wendet sie ein.

Jasper hält gleich dagegen, dass ihn das nicht stört, genauso wenig wie Ben. Alles, was sie brauchen, werden sie auch ohne ihre Hilfe finden.

»Das glaube ich euch gern«, seufzt Mama. »Aber genau das ist ja auch das Problem.« Sie sieht von einem zum anderen, und Marie, die anscheinend alles mit angehört hat, ruft aus der Küche: »Zur Not sind wir ja noch da und können ihnen alles verbieten.«

Jasper sagt nichts, schluckt die Antwort, die er schon

auf den Lippen hat, wieder runter, um Mamas Erlaubnis, die so gut wie ausgesprochen ist, nicht im letzten Augenblick noch zu gefährden.

»Na schön«, sagt sie dann auch endlich und fügt, Ben zugewandt, noch hinzu: »Natürlich nur, wenn deine Eltern einverstanden sind.«

Ben braucht eine ganze Weile, bis ihm die Nummer überhaupt einfällt, bis er den Weg zum Telefon findet. Dann, nach dem Gespräch, ist er wie ausgewechselt, sitzt da, guckt vor sich hin und scheint fast vergessen zu haben, wo er ist und dass er sich auf den Abend bei Jasper gefreut hat.

»He!«, sagt Jasper und wedelt schon mal mit einer Dose Knabberspaß. Außer einem Nicken erhält er aber keine Antwort von Ben.

»Sieht nicht gut aus«, ist der erste Satz, den er nach einer ganzen Weile von sich gibt, und alle schauen auf, auch Mama. Für einen Moment ist es ganz still.

»Warte erst mal ab«, sagt Jasper, »bis morgen haben sie sich bestimmt wieder beruhigt.«

Ben nickt. Er sitzt da wie ein Vogel mit zwei lahmen Flügeln.

Mama steht auf, hockt sich vor ihn und sagt: »Dann ist es ja gut, dass wir dich erst mal bei uns haben. Und den Rest sehen wir später.«

Ben rührt sich nicht. Mama geht und Jasper hört noch, wie sie zu Papa, der gerade nach Hause kommt, sagt: »Vielleicht lassen wir unseren Theaterabend heute ausnahmsweise mal sausen.«

Papa guckt wie ein Auto. Und auch Jasper versteht

Mama nicht ganz. Er kriegt Ben schon wieder hin, schließlich ist Ben sein Freund, und seine Schwestern sind ja auch noch da, da hat Marie ausnahmsweise mal Recht.

Jasper braucht eine ganze Weile, bis Ben wieder ansprechbar ist, aber er schafft es noch so rechtzeitig, dass Mama sich fürs Theater schön machen kann. Jasper atmet tief durch. Er wirft Ben, der mit einer Dose Erdnüsse auf dem Wohnzimmersofa liegt, einen viel sagenden Blick zu und Ben wirft ihm einen beinahe ebensolchen zurück. Mal sehen, was der Abend so bringt. Vielleicht gibt es ja noch den einen oder anderen Horrorfilm im Fernsehen, vielleicht fällt ihnen aber auch noch etwas anderes ein. Ein Abend ganz ohne Eltern kann nicht schaden, und wer weiß, vielleicht wird es sogar mit Lina, Marie und Sofie noch ganz schön. Jasper hat Ben jedenfalls angeboten seine drei Schwestern zu sich einzuladen, wenn Ben das gern will.

Sofie hat es sich jetzt schon bei Ben auf dem Sofa gemütlich gemacht. Lieber wäre Jasper zwar, sie würde sich verziehen, aber solange Ben nicht wieder dieses Gesicht kriegt, bei dem man nicht weiß, ob er noch lebt oder sich bereits von hier verabschiedet hat, ist ihm fast alles egal. Selbst gegen Linas Anwesenheit hat er jetzt nichts, im Gegenteil, fast ist er froh, dass sie vom Schwimmen mit ihrer Freundin Isabell zurück ist, denn seitdem geht es auch mit Ben wieder bergauf.

»Also, ihr Lieben!«, ruft Mama aus dem Flur. »Wir sind spät dran. Ihr wisst ja, wo alles ist, und …« Sie steckt ihren Kopf schnell noch mal zur Tür herein, richtet ihren Blick sorgenvoll auf Ben und fragt: »Und mit dir ist bestimmt alles in Ordnung?«

Ben nickt und erklärt Mama gerade, dass er schon klarkommt, als das Telefon klingelt.

Marie geht hin und Mama sagt: »Macht was Schönes! Aber geht nicht zu spät ins Bett, hört ihr?«

Wie Mama und Papa sich dann auf den Weg machen, wie sie sich von Sofie noch zur Tür bringen und mit einem dicken Kuss verabschieden lassen, davon merkt Jasper nichts mehr. Denn Marie ruft Lina an den Apparat und ihr Blick, den sie aufgesetzt hat, als sie ins Wohnzimmer zurückkehrt, verrät mehr als genug.

»Wer war es?«, fragt Jasper scheinheilig, nimmt eine Fernsehzeitschrift zur Hand und sieht Marie lieber nicht an.

»Wenn ich das wüsste.« Marie lässt sich in den Ohrensessel fallen und fügt hinzu: »Klang nach einem Jungen, der nett ist.«

Augenblicklich ist die Hitze in Jaspers Kopf wieder da, obwohl er es so gerne anders hätte. Aber wie er sich kennt, sitzt er mit knallrotem Kopf da und der von Ben sieht auch nicht gerade viel besser aus.

Marie grinst. »Scheint euch ja auch nicht ganz gleichgültig zu sein«, sagt sie.

Jasper winkt ab, auch wenn er mit seiner roten Glühbirne wahrscheinlich alles andere als glaubwürdig ist. Trotzdem will er nicht einfach hinnehmen, was Marie gerade sagt. »Mir ist der ganze Kram doch egal«, murmelt er eilig und kann sich dann aber doch nicht verkneifen zu fragen, ob der geheimnisvolle Anrufer denn nicht mal seinen Namen genannt hat.

»Doch«, sagt Marie, lehnt sich zurück und genießt, dass sie etwas weiß, was alle gern wüssten.

»Ja und?« Jasper schafft es nicht länger, seine Neugierde zu zügeln. »Sag bloß, es ist Tilman?«

Marie guckt entgeistert. »Wie kommst du denn darauf?«

»Ist er's oder ist er es nicht?«

»Doch, er ist es, aber woher wusstest du das?«

Jasper antwortet ihr nicht, er kommt gar nicht dazu, denn Lina hat ihr Telefongespräch mit Tilman beendet, kehrt zu ihnen zurück und sagt: »Ich gehe gleich noch ein Eis essen, aber das kann euch ja egal sein.«

Jasper hält die Luft an und Sofie will natürlich gleich wissen, ob Lina das überhaupt darf.

»Willst du es mir etwa verbieten?« Lina lacht. Dann rennt sie ins Bad, trällert einen ihrer Schmusehits, während Jasper, Ben und Marie einen bedeutungsvollen Blick nach dem anderen wechseln, grinsen und ganz außer sich sind. Haben sie es nicht immer gewusst? Pilles Bruder Tilman hat angerufen und gleich gehen sie ein Eis essen, Lina und er!

Es dauert eine Weile, bis Lina aus ihrem Zimmer wieder herauskommt, aber es hat sich gelohnt. Jasper findet sie jetzt jedenfalls noch mal so schön mit ihrem Ringel-T-Shirt, dem Jeansrock und ihrer langen blonden Mähne dazu. Ben stößt einen leisen Pfiff aus und Marie sagt: »Ich finde, du siehst erstklassig aus.«

Lina saust durch den Flur, trällert dabei ihren Hit, scheint allerbeste Laune zu haben. »Kann einer von euch mir seinen Schlüssel leihen?«, ruft sie. »Irgendwie habe ich meinen verlegt.«

Jasper springt gleich auf, genau wie Marie und Sofie, und selbst Ben hält es nicht länger auf dem Wohnzimmersofa, obwohl Lina mit Bens Schlüssel nicht sehr geholfen wäre. Genau genommen braucht sie auch keinen von Jasper, Marie oder Sofie. Denn so viel steht fest: Jasper wird nicht eher ins Bett gehen, bis Lina zurück ist. Vielleicht schiebt er mit Ben zusammen sogar Wache vor dem Wohnzimmerfenster, weil es für ein Mädchen ja immer gefährlich ist, so spät noch draußen zu sein.

Als es endlich an der Tür klingelt, stehen sie alle da, haben zufällig gerade im Flur oder bei der Garderobe zu tun. Dann erscheint Tilman, der riecht, als hätte er gerade dreimal hintereinander geduscht. Er lächelt Lina an. Lina lächelt zurück und Jasper sieht gleich, dass es mit ihnen passiert.

»Alles klar?«, fragt er und überlegt kurz, ob er noch mal erwähnen soll, dass mit der Päckchen- und Briefübergabe ja zum Glück alles geklappt hat. Aber noch während er darüber nachdenkt, wie er es sagen soll, macht Tilman sich mit Lina auch schon auf den Weg.

»Viel Spaß noch«, murmelt Jasper, schließt die Tür hinter ihnen und drückt sich mit Ben, Marie und Sofie die Nase am Wohnzimmerfenster platt, um zu sehen, wie Lina und Tilman kurz darauf auf der Straße erscheinen, um die Ecke biegen und anscheinend gar nicht merken, dass die Eisdiele in Wirklichkeit doch ganz woanders liegt.

»Tja«, entfährt es Jasper, »Liebe macht eben blind.«

»Woher willst du das wissen?«, entgegnet Marie. »Du kennst dich doch damit nicht aus.«

Jasper schnappt nach Luft. »Klar tue ich das«, will er sagen, lässt es sicherheitshalber aber doch sein. Wer weiß, wohin das Ganze sonst führt. Er wendet sich um. »Liebe hin oder her«, sagt er nur, sieht von Marie zu Ben, von Ben zu Sofie und erklärt: »Was mit euch ist, weiß ich natürlich nicht. Ich jedenfalls könnte jetzt eine kleine Party vertragen. Mit Salzstangen und Cola und Chips und ein bisschen Fernsehen und Musik zwischendurch, damit es nicht zu langweilig wird.«

Marie zögert, weil sie ja jetzt die Älteste ist. Sie dreht eine ihrer Haarsträhnen zu einer Locke und sagt: »Vielleicht habe ich dazu keine Lust.«

»Nicht?«, fragt Sofie und Jasper tut, als käme ihm das gar nicht ungelegen. »Zu zweit ist es wahrscheinlich sowieso noch am besten«, sagt er ohne auf das enttäuschte Gesicht von Sofie Rücksicht zu nehmen. Gerade will er sich mit Ben in sein Zimmer verziehen, da entschließt Marie sich doch noch dazu, mit ihnen zu feiern. »Bevor ihr die ganze Zeit sauer auf mich seid«, sagt sie.

Jasper überhört diesen Satz. Auch Ben äußert sich nicht weiter dazu, nur Sofie, die springt auf und rennt ins Zimmer der Mädchen, um Linas Schmusehit-CD zu holen. »Lina ist ja nicht da«, sagt sie. »Obwohl sie es uns heute bestimmt erlaubt hätte.«

Jasper nickt. Er ist ganz überrascht von seiner kleinen Schwester und denkt: Wo sie Recht hat, da hat sie Recht. Sie machen es sich gemütlich, essen und trinken, hören Schmusehits und feiern eine Party zu viert.

Lina ist vom Eisessen immer noch nicht wieder zurück. Schon ein paarmal haben sie aus dem Fenster auf die Straße hinuntergesehen und Ausschau nach ihr gehalten. Aufgetaucht ist Lina deswegen aber nicht.

»Wenn sie die ganze Zeit Eis gegessen hat«, grinst Jasper, »dann hat sie inzwischen wohl sämtliche Eissorten durch.«

»Wer weiß«, erwidert Ben. »Vielleicht haben sie ja auch plötzlich nicht mehr gewusst, wo die Eisdiele ist. Und als es ihnen wieder eingefallen ist, war sie geschlossen und die beiden mussten sich erst eine andere suchen.«

Marie kichert. »So ein Quatsch«, sagt sie. »Ich wette, dass Lina mit Tilman irgendwo in einer Ecke steht und knutscht.«

»Echt?« Sofie, die schon fast eingeschlafen war, richtet sich auf und sieht Marie ungläubig an.

Und Jasper merkt schon wieder die Hitze, die ihm in den Kopf steigt. Es ist zum Verrücktwerden, aber jedes Mal wenn er nur daran denkt, geht es los, dabei hat er doch selbst mit der Knutscherei überhaupt nichts im Sinn. Im Gegenteil, nicht im Traum käme er darauf, es auszuprobieren, sich zum Beispiel vor Bele zu stellen und zu fragen: »Darf ich mal kurz?«

Marie hält Ben die fast leere Chipstüte hin. »Sag du doch mal!«, fordert sie ihn auf. »Glaubst du nicht dasselbe wie ich?«

Ben grinst und schüttelt den Kopf. »Jedenfalls nicht bei Lina und Tilman«, sagt er.

»Wir können ja Wetten abschließen«, schlägt Jasper vor und überlegt sich schon, was er einsetzen will, da hören sie, wie ein Schlüssel ins Schloss gesteckt wird. Und dann steht Lina da, das heißt, genau genommen schwebt sie und sieht ganz so aus, als würde sie zehn Schmusehits gleichzeitig hören.

»Na?«, sagt sie lächelnd. »Habt ihr es euch gemütlich gemacht?«

»Ja, ja«, beeilen sie sich zu sagen. »Und dein Eis? Hat es geschmeckt?«

Lina hört mit dem Lächeln gar nicht mehr auf. »Kann man wohl sagen«, seufzt sie und Jasper findet, dass sie irgendwie schön aussieht, so schön wie noch nie. Sie will sich schon wieder umdrehen und gehen, als sie plötzlich innehält und sagt: »Bringt ihr mir meine CD zurück, wenn ihr sie zu Ende gehört habt?« Im ersten Moment erschrickt Jasper, weil er gar nicht mehr an die CD gedacht hat, aber dann holt er tief Luft. Nicht das geringste Theater macht Lina und das hat Jasper überhaupt noch nicht erlebt. »Machen wir«, sagt er.

Lina verschwindet im Bad und sie sitzen da, hören noch eine Weile ihre Musik, bis Marie erklärt: »Ich glaube, ich gehe jetzt auch.« Sofie schließt sich an, froh darüber, dass der Abend geschafft ist und sie in ihr Bett kriechen kann.

Jasper und Ben bleiben noch einen Moment, dann erheben auch sie sich, Ben übergibt Lina, als die wieder aus dem Bad herauskommt, ihre CD und sagt: »Träum schön!« Er setzt sein nettestes Lächeln auf und scheint eine seiner vorübergehenden Hitzewallungen zu haben, jedenfalls läuft er wieder mal knallrot an und Lina sagt: »Träumt auch schön, ihr zwei!«

Sie sehen ihr nach, wie sie durch den Flur schwebt mit ihren nackten Beinen und dem dunkelblauen Schlafshirt darüber, dann gehen sie ins Bad und lassen sich Zeit.

Alles riecht noch nach Lina, und obwohl sie Jaspers

Schwester ist, schnuppert er und findet es gut. Ben scheint den Geruch auch nicht gerade abstoßend zu finden.

Gründlich putzen sie sich ihre Zähne, öffnen zwischendurch ein kleines Schmuckkästchen von Lina, sehen hinein. Haarspangen und Ringe und ein paar Ketten liegen darin.

»Könnte ja mal sein«, sagt Ben, spuckt die Zahnpasta wieder aus und spült den Mund, »könnte ja mal sein, dass sie den einen oder anderen Ring demnächst noch bekommt.« Er zuckt mit den Achseln und Jasper ergänzt: »Fragt sich nur noch, von wem.«

Mit eiskaltem Wasser waschen sie sich die Gesichter, prusten und irgendwann liegen auch sie schließlich im Bett.

Sie gähnen, räkeln sich unter der Decke, tippen mit ihren Zehen aneinander, lachen und löschen das Licht. Dann liegen sie still.

»Jasper«, beginnt Ben nach einer Weile.

»Mmh?«

Ben schluckt, seufzt schließlich leise und sagt: »Ach, nichts.«

Jasper guckt in die Dunkelheit, versucht die Umrisse des Drachens, der über seinem Bett hängt, zu erkennen. »Glaubst du, Lina hat es gemacht?«

»Was?«

»Na, Tilman geküsst.«

Die Antwort lässt einen Moment auf sich warten. »Vielleicht«, kommt es schließlich aus der Richtung, in der Bens Kopf liegen muss. »Aber vielleicht ja auch nicht.«

»Ich glaube, sie hat«, seufzt Jasper und fährt gleich

darauf fort: »Warum sonst soll sie so lange weg gewesen sein? Und außerdem ... Wie ich sie kenne, hat sie sowieso nichts anderes von Tilman gewollt.« Obwohl es dunkel ist, kann Jasper sich ein Grinsen nicht verkneifen. Von Ben hört er nichts. »Was ist mit dir?«, fragt er und stößt Ben von der Seite an. »Willst du es nicht auch manchmal wissen?«

Jetzt gluckst es aus Ben. »Wie es ist, wenn man ein Mädchen küsst?«

Hellwach liegen sie da, kichern und Jasper erklärt: »Mal abgesehen davon, dass es mir nicht mehr ganz neu ist. Aber man vergisst es so schnell.«

»Ja«, sagt Ben. »Das geht mir auch immer so.«

»Mit dem Küssen«, sagt Jasper, »ist es wie mit den Vokabeln in Englisch. Obwohl man sich Mühe gibt und versucht sich jede einzelne von ihnen zu merken, fallen sie einem kurze Zeit später schon nicht mehr ein.«

»Am besten«, überlegt Ben, »notiert man sich alle in einem Heft.«

Kurz ist es still. »Jedenfalls«, sagt Jasper schließlich, »kann man den Mädchen ja mal den Gefallen tun, wenn sie schon unbedingt wollen.«

»Katharina zum Beispiel?«, fragt Ben. »Oder Anna-Lena oder ... Bele vielleicht?«

»Bele doch nicht, Bele ist ...« Jaspers Herz schlägt plötzlich ganz schnell. Wie kommt Ben ausgerechnet auf Bele?

»Also Bele«, sagt Ben jetzt und Jasper wehrt sich mit einem kräftigen Knuff in Bens Arm.

Bele ist zwar ein Mädchen, aber nie im Leben würde

Jasper es wagen, zu ihr hinzugehen und es einfach zu tun. Und überhaupt. Bele ist Maries Freundin und was soll dieser ganze Quatsch mit dem Küssen und Sich-Verknallen? Jasper hat so was nicht nötig. Er kommt genauso gut ohne zurecht. »Reden wir doch jetzt mal von dir«, sagt er daher schnell. »Vielleicht hast du ja eine, die dir gefällt?«

»Ich?« Ben schnappt nach Luft. »Na ja«, sagt er. »Ich müsste mal darüber nachdenken. Wenn ich mir Mühe gebe, fällt mir vielleicht eine ein.«

Jasper verschränkt die Arme hinter dem Kopf. »Ich kann dir ja ein paar Vorschläge machen«, sagt er und tut, als hege er nicht den leisesten Verdacht.

»Nicht nötig«, sagt Ben, »vielen Dank.« Er dreht sich von Jasper weg auf die andere Seite. »Jedenfalls kenne ich eine«, fährt er sehr viel leiser fort, »die nett ist und bei der ich es mir vorstellen könnte.«

Jasper verschlägt es die Sprache. Wie Ben das sagt! Einfach so. »Heißt das«, vergewissert er sich, »heißt das, bei dir ist es so weit?« Nur ein leises Brummeln ist die Antwort darauf.

»Also ja.« Jasper schluckt. »Und wenn du sie kennst ...« Er zögert, versucht es noch mal von vorn. »Könnte es sein, dass sie mir auch nicht ganz unbekannt ist?«, fragt er und weiß auf einmal nicht mehr, ob er überhaupt Genaueres erfahren will.

»Sie ist dir nicht ganz unbekannt«, bestätigt Ben ihm bereits leise. »Sie ist dir sogar ziemlich bekannt.«

Jasper schließt die Augen. Lina, denkt er, sie ist es, garantiert. Seine Schwester Lina, die drei Jahre älter ist und gerade mit Tilman Eis essen war.

Schweigend liegen sie nebeneinander, Jasper und Ben, bis Ben schließlich fortfährt: »Dass sie zu alt für mich ist, weiß ich auch und … Trotzdem ist es mit ihr und Tilman vielleicht ja auch irgendwann wieder vorbei.«

Jasper beißt sich auf die Lippe. »Und deine Eltern«, fragt er plötzlich und kann selbst nicht erklären, wie er jetzt darauf kommt, »glaubst du, sie versöhnen sich wieder?«

»Keine Ahnung«, sagt Ben. »Manchmal weiß ich nicht, was mir lieber wäre. Dann denke ich, es hat ja doch keinen Zweck mehr mit ihnen und der ganze Ärger und Krach sollen aufhören, wenigstens das.«

Jasper rührt sich nicht unter seiner Decke. Dass es so schlimm ist bei Ben, hat er nicht gewusst.

»Mein Vater ändert sich sowieso nicht«, hört er seinen Freund wieder, »und meine Mutter sagt bestimmt nicht plötzlich, es ist ihr egal, ob er sie versteht oder nicht.« Ben ist einen Augenblick still. »Blöd ist nur«, fährt er schließlich fort, »dass ich beim besten Willen nicht sagen kann, zu wem ich dann möchte.«

Jasper nickt, auch wenn er weiß, dass Ben das nicht sieht. »Wenn dir gar nichts mehr einfällt«, sagt er, »dann kommst du einfach zu uns.«

Ben lacht leise. Jasper lacht auch. Dann gähnen sie wieder. Und obwohl Jasper gern noch wach geblieben wäre und weiter über alles geredet hätte, fallen ihm die Augen allmählich zu. Er fühlt den Arm von Ben neben sich und denkt, dass er Mama mal fragen muss. Vielleicht erlaubt sie es und sie nehmen Ben bei sich auf.

8. *Kapitel*

Gleich nach dem Frühstück geht Ben nach Hause. Mama hat ihn bestimmt dreimal gefragt, ob er nicht vorher wenigstens mal anrufen will. Aber Ben hat immer nur den Kopf geschüttelt. »Ich habe ja einen Schlüssel«, hat er gesagt und Lina dabei angeguckt, als hätte sie ihm die Frage gestellt. Rot geworden ist er natürlich auch, vor allem weil Lina ihm kurz zugelächelt hat.

Jasper seufzt. Es ist alles so verworren, denkt er. Allerdings tut es den Ohren ganz gut, dass Lina eine Meckerpause eingelegt und selbst über Sofies Frage am Frühstückstisch nur gelacht und gesagt hat: »In wen soll ich denn verknallt sein?« Dabei hat jeder, der sie angesehen hat, genau gewusst, was mit ihr los ist. Und noch bevor jemand nachfragen konnte, hat Marie sie alle bereits über sämtliche Einzelheiten aufgeklärt und sie haben dagesessen und viel sagende Gesichter gemacht. Selbst Ben, der bestimmt gern an Tilmans Stelle wäre. Aber vielleicht findet er es auch besser, sich erst mal alles anzusehen, damit er später weiß, wie man es machen muss.

Jasper jedenfalls hat nichts dagegen, schon mal den einen oder anderen Tipp geliefert zu bekommen. Man kann ja nie wissen, was einem noch alles passiert, und für alle Fälle gewappnet zu sein schadet auch nicht. Trotzdem hat er jetzt erst mal anderes zu tun, denn außer seinem Freund Ben gibt es ja noch ein paar weitere Leute, die etwas von ihm wollen. Pille und Jan zum Beispiel haben erst gestern in der Schule wieder erklärt, dass der Bach voller Fische sei, die nur darauf warteten, an ihre Angelhaken zu dürfen.

Jasper geht zum Telefon, ruft Pille an.

»Hallo!«, meldet sich eine Stimme, die sich ganz wie die von Tilman anhört.

»Ich bin's, Jasper«, sagt Jasper und macht eine Pause, grinst in den Hörer hinein. »Alles klar?«

»Alles klar«, kommt es etwas überrascht vom anderen Ende.

Jasper überlegt kurz, ob er noch ein Wort über Lina verlieren soll und darüber, dass hier sowieso jeder Bescheid weiß, da sagt Tilman schon: »Aber wegen mir rufst du doch nicht an, oder?«

»Nein, nein, das heißt ...« Jasper guckt auf Lina, die gerade an ihm vorbei durch den Flur schleicht. »Kann ich Pille mal sprechen?«

Für einen Moment hält Lina inne, dreht sich zu Jasper um, verschwindet dann aber in der Küche.

»Warte«, sagt Tilman, »ich hole ihn dir.«

Jasper nickt, und bevor Tilman sich auf die Suche nach seinem Bruder begibt, hört er ihn noch sagen: »Kannst deiner Schwester ja mal schöne Grüße von mir bestellen.«

»Wird gemacht.« Jasper hält es fast nicht mehr auf seinem Stuhl. Er verabredet sich mit Pille, als dieser endlich an den Apparat kommt, und kündigt interessante Neuigkeiten an. Dann legt er den Hörer wieder auf, geht zu Lina und sagt so laut, dass alle es hören: »Ich habe gerade mit deinem Herzallerliebsten gesprochen und soll dir schöne Grüße bestellen.« Weitere Erklärungen gibt er nicht ab, wartet auch nicht, ob jemand noch Fragen an ihn hat, sondern macht sich gleich auf den Weg. »Bin jedenfalls angeln!«, ruft er, bevor er die Tür hinter sich zuzieht und die Treppe hinunterspringt.

Sie treffen sich alle bei Jan, und während sie auf Ben warten, der sich heute auffallend viel Zeit lässt, klärt Jasper die anwesenden Mitglieder des Jungenclubs schon mal über die jüngsten Ereignisse auf.

Pille und Jan kriegen den Mund nicht mehr zu. Dann sagt Jan: »Ist ja ein Ding.«

Und Pille fügt hinzu: »Das sieht meinem Bruder wieder mal ähnlich: Zuerst tut er so unschuldig und dann kann es ihm mit dem ganzen Weiberkram nicht schnell genug gehen.«

Achselzuckend sitzen sie da, haben aber alle ein Grinsen im Gesicht, das von einem bis zum anderen Ohr reicht.

»Wer weiß«, sagt Jan und lehnt sich auf dem Wohnzimmersofa seiner Eltern zurück, »wer weiß, was die beiden sich noch alles einfallen lassen.«

Jasper geht zum Telefon: »Wir werden ja sehen«, sagt er. »Uns wird jedenfalls so schnell nichts entgehen.« Er nimmt den Hörer ab, wählt Bens Nummer, die er längst auswendig kann, wartet, aber bei Ben meldet sich niemand.

Jasper beschleicht ein ungutes Gefühl. »Ich glaube, da braucht einer seine Freunde«, murmelt er, legt den Hörer wieder auf und erklärt den anderen, was mit Ben los ist.

Sie fahren zusammen zu ihm, klingeln an seiner Haustür, suchen, weil sich dort nichts tut, die Straßen ringsherum ab, lassen auch die Hinterhöfe nicht aus. Aber nirgendwo ist von Ben auch nur das Geringste zu sehen.

»Könnte ja sein, dass er zu seiner Oma gefahren ist«, überlegt Jan, aber Jasper schüttelt den Kopf. »Die einzige Oma, die Ben überhaupt hat, wohnt in Spanien. Und dass er mal schnell nach Spanien losgedüst ist, glaube ich nicht.«

»Dann ist er eben bei seiner Tante«, fällt Pille nach einer Weile ein. »Oder seine Eltern wollen es doch wieder miteinander probieren und sind erst mal mit Ben zusammen ins Kino gegangen.«

Jasper verzieht sein Gesicht. Aber weil auch ihm keine bessere Erklärung einfällt und sie Ben trotz aller Freundschaft ja nicht herzaubern können, beschließen sie, notgedrungen ohne ihn zum Angeln zu fahren. Sobald sie zurück sind, werden sie bei ihm anrufen oder bei ihm klingeln, bis er ihnen aufmacht. Und dann werden sie ihm auf die Schulter klopfen und sagen: »Tag, Ben. Falls du was auf dem Herzen hast, dann sag's uns, wir sind für dich da.«

Sie radeln nebeneinander den Feldweg entlang, erreichen schließlich die kleine Stelle am Bach, werfen ihre Angeln aus und sitzen auf den großen flachen Steinen, beobachten, was sich vor ihnen im Wasser abspielt.

Kein Fisch scheint in der Nähe zu sein. Aber das kennen sie schon. Wer angeln will, der braucht Geduld und muss sich ruhig verhalten.

Jasper streicht mit dem Finger über seine Angelrute und denkt, dass es gut ist hier draußen am Bach, unter den

Bäumen, deren Zweige fast das Wasser berühren. Unaufhaltsam fließt das Wasser an ihnen vorbei, sucht sich seinen Weg, trägt kleine Stöckchen mit sich, umspült Steine und Gras. Vielleicht müsste Ben mit seinen Eltern einfach mal hierher kommen, dann hörte der Krach schon wieder auf und sie würden sich endlich verstehen. Es ist gut hier und still, bis auf das Murmeln und Plätschern des Bachs, in dem die Fische sich tummeln, ist nichts zu hören. Wenn man häufig hierher kommt, denkt Jasper, dann kriegt man alles auch wieder hin.

Jasper versteht sowieso nicht, dass die Liebe, die doch am Anfang da ist, irgendwann wieder aufhören kann. Ihm wird das nicht passieren, später, wenn er sich überhaupt je darauf einlässt und das Mädchen, das er nett findet, küsst. Er wird zu ihr halten, vor allem dann, wenn das Mädchen eine Mutter hat, die nicht mehr laufen kann, und deswegen das meiste selbst machen muss. Er wird immer ein Geschenk für sie mitbringen, Obst und Gemüse und hin und wieder auch einen Fisch, den er gefangen hat, so wie jetzt.

»Vielleicht ist es sowieso am besten, gleich die Finger von allem zu lassen«, sagt Jan plötzlich und Jasper und Pille gucken ihn an. »Wovon?«, fragen sie beide gleichzeitig.

»Na, von dem ganzen Weiberquatsch.« Jan seufzt und zuckt mit den Achseln. »Mein Vater sagt auch immer, das Leben wäre viel einfacher ohne sie.«

»Da hat er natürlich Recht«, pflichten Jasper und Pille ihm eilig bei, sitzen da und finden den Gedanken im ersten Moment gar nicht mal schlecht. Eine Welt, in der es überhaupt nur Jungen und Männer gäbe, wäre bestimmt auch nicht so laut. Und so heulsusig und zickig und albern.

»Trotzdem«, überlegt Pille, »kommt man, selbst wenn man es will, nicht ganz ohne sie aus. Immerhin werden sie noch zur Vermehrung gebraucht.«

»Zur Vermehrung!« Jasper weiß nicht, ob er lachen oder abfällig den Kopf schütteln soll.

Jan pfeift leise durch die Zähne und spricht aus, was alle auf den Lippen haben: »Anders ausgedrückt«, sagt er, »geht es um Sex!«

Jasper schluckt, muss glucksen und kichern, alles auf einmal. Weil das Wort wie ein Wort aus einer anderen Welt klingt, einer Art Unterwelt, und ihn ganz durcheinander bringt. Wenn er es nur schon hört, weiß er nicht mehr, wo er hingucken soll. Wenn er allein ist, ist es leichter. Dann kommt es jedenfalls hier und da schon mal vor, dass er in einer Zeitschrift blättert und etwas entdeckt, was er gleich noch ein zweites Mal liest. Erstens liest er es gern und betrachtet die Bilder dazu und zweitens ist es meist gar nicht so leicht zu verstehen, auch wenn alle immer so tun, als wüssten sie längst Bescheid. Jasper weiß es auch irgendwie und mit den Bienen und dem Klapperstorch muss man ihm nicht mehr kommen. Aber trotzdem wüsste er es manchmal gern noch ein bisschen genauer. Wie es wohl vor sich geht, wenn man sich liebt? Und ob er es später dann einfach so kann?

Jan und Pille sitzen neben Jasper, halten sich an ihren Angelruten fest, kichern und erzählen sich einen Witz, der natürlich genau davon handelt. Auch Jasper muss lachen. Er wird die beiden nicht fragen, ob auch sie manchmal daliegen, abends, und vor dem Einschlafen auf einmal dieses Kribbeln überall haben. Er wird die beiden nicht fragen, niemals, obwohl sie seine Freunde sind und zum Jungenclub gehören, wie Ben. Jasper guckt auf die Mücken, die über der feuchten Wiese am Bachufer tanzen, sieht der Libelle hinterher, die wie ein Hubschrauber ihre Kontrollrunden dreht. Diese Abende, an denen er nicht gleich einschlafen kann, sind das Allergeheimste und vielleicht nimmt er sie sogar mit in sein Grab, später, wenn er alt und grau geworden ist und sich vielleicht immer noch fragt, ob bei ihm alles normal ist und so, wie bei den anderen auch. Weil dieses Kribbeln von selbst kommt und nicht wieder geht, weil er sich ganz neu fühlt, irgendwie fremd, und weil es am schönsten ist, wenn er die Augen dabei schließt ohne müde zu sein.

Jasper seufzt leise in sich hinein, während sein Blick über die kleinen Strudel wandert, die irgendwo in der Tiefe verschwinden. Stundenlang könnte er so sitzen und schauen und über das Leben nachdenken, über die Abende, die irgendwie neu sind für ihn, aber gar nicht mal schlecht, über die Wörter, die er bisher nicht auszusprechen wagt, obwohl er sie kennt.

Da geht plötzlich ein heftiger Ruck durch seine Angel. Ein Fisch hat angebissen. Jasper springt auf, hält dagegen. Die Angel biegt sich und Jasper spult die Schnur auf.

»Nicht schlecht«, hört er Jan und Pille sagen, als er den Fisch ans Ufer holt, der heftig zappelt, aber doch nicht mehr entkommt. Kalt und glitschig liegt er vor Jasper im Gras, schlägt mit der Schwanzflosse, bis Jasper ihn vom Angelhaken befreit.

Jasper schluckt. Jetzt kommt das, was er am liebsten andere machen ließe, Mama zum Beispiel oder Papa. Jetzt muss er den Fisch töten. Aber Mama hat gesagt: »Wenn du schon angeln gehst, dann bitte auch richtig.« Und sie hat ihm gezeigt, wie man den Fisch tötet ohne ihm wehzutun.

Jasper holt tief Luft. Jan und Pille stehen daneben und sehen zu, wie er mit einem Stück Holz dem Fisch auf den Schädel schlägt und ihm dann den tödlichen Herzstich mit dem Messer versetzt. Die Fischaugen sind jetzt ganz starr. Jasper schneidet den Fischbauch auf und nimmt die Innereien heraus, um den Fisch danach in den Eimer gleiten zu lassen, den er mitgebracht hat. Jasper seufzt noch einmal und wendet sich ab.

Vielleicht lässt er das Angeln doch lieber sein, bevor ihm noch schlecht wird und er in Ohnmacht fällt, weil er eigentlich kein Blut sehen kann, auch nicht bei einem Fisch, den man schließlich fängt, um ihn zu essen. Jasper wird ihn natürlich mit nach Hause nehmen und Mama bitten ihn noch heute Abend zu braten.

»Was ist?«, fragt Pille jetzt, stößt ihn von der Seite an und grinst. »Du bist ja ganz bleich. Bekommt dir das Angeln etwa nicht mehr?«

»Doch, doch«, schnauft Jasper, lässt sich wieder auf seinem Stein nieder, befestigt den nächsten Köder am Haken, wirft ihn mitsamt der Schnur weit ins Wasser. »Fang du erst mal so ein Tier, bevor du überhaupt mitreden kannst.«

»Warte nur ab«, grinst Pille. »Wenn ich erst mal loslege, dann bleibt für dich nicht mehr viel.«

»Das werden wir ja noch sehen«, meldet sich Jan jetzt

zu Wort. »Oder hast du vergessen, wer der Welt bester Fischfänger war und immer noch ist?«

Sie feixen und lachen, versuchen sich gegenseitig mit Höchstleistungen zu übertrumpfen, die sie bereits so gut wie vollbracht haben, dann sitzen sie wieder still da, blicken auf das vorbeiziehende Wasser und warten. Der nächste Fisch, der anbeißt, denkt Jasper, der ist für Ben, denn sein Freund fehlt ihm an diesem Nachmittag.

9. *Kapitel*

Bei Ben zu Hause meldet sich auch abends, als Jasper längst vom Angeln zurück ist, kein Mensch. Weder Ben noch sein Vater oder seine Mutter.

Jasper versteht das nicht. Es passt einfach nicht zu Ben, zu Verabredungen nicht zu erscheinen. Spätestens am Nachmittag hätte er doch mal anrufen und Mama oder Marie, die die ganze Zeit zu Hause waren, sagen können, was los ist. Einen Angelnachmittag mit seinen Freunden lässt er sich eigentlich doch nicht kommentarlos entgehen. Ben ist schließlich einer von denen, die immer davon reden, dass man sich nicht früh genug mit der rauen Natur vertraut machen kann, weil man nie weiß, wohin es einen im Leben verschlägt. Einmal haben sie sich in der Pause sogar Orte aus dem Schulatlas herausgesucht, die wie gemacht für Abenteuer sind. Anna-Lena ist damals stehen geblieben, als sie gerade auf Feuerland waren, hat ihren Kopf dazugesteckt und gesagt: »Wenn ich später mal reise, dann aber irgendwohin, wo es schön ist und nicht so wild.« Jasper hat ein paar von ihren Haaren im Gesicht gehabt, während sie das gesagt hat, und er hat ihr Shampoo gerochen, das so ähnlich war wie das von Marie.

Kurz verschwindet Jasper in seinem Zimmer, kommt gleich darauf aber wieder heraus. Er weiß nicht, wohin mit sich. Vielleicht ist Mama inzwischen fertig mit dem Zubereiten der Fische. Noch zwei weitere hat Jasper nämlich gefangen, Jan und Pille haben mit je einem kleinen das Nachsehen gehabt. »Morgen«, hat Jasper zum Abschied achselzuckend gesagt, »erkläre ich euch noch mal, wie man es macht.«

Jasper hört bereits das Brutzeln aus der Küche, will gerade um die Ecke biegen, als Sofie ihm heulend entgegentritt und empört ausruft: »Du bist gemein! Die Fische wollten doch auch leben und haben dir gar nichts getan!«

Jasper verzieht das Gesicht, schiebt sich an Sofie vorbei und murmelt: »Du musst ja nichts davon essen.«

»Mache ich auch nicht.« Sofie ist immer noch außer sich, lässt sich erst wieder beruhigen, als Papa ihr später erklärt, dass jeder Fisch, den man isst, vorher gelebt hat, genau wie die Hühnchen, deren Fleisch Sofie doch so gern mag.

Sofie verstummt und Mama fügt noch hinzu, dass die Menschen in früheren Zeiten immer erst auf die Jagd gehen mussten, wenn sie einen Braten essen wollten, der ihnen die Kraft gab, um in der rauen Natur zu bestehen.

»Und für uns auf die Jagd gegangen ist eben unser Bruder Jasper«, erklärt Marie mit einem Blick, von dem Jasper nicht so genau weiß, ob er ihn gut finden oder sauer darüber sein soll. Sie stochert mit der Gabel lange in ihrem Essen herum, gibt sich schließlich einen Ruck und steckt ein Stück von Jaspers Fisch in den Mund, kaut und sagt: »Siehst du! Es geht ganz leicht.«

Sofie rührt die gebratenen Fische nicht an.

Jasper schon. Obwohl ihm immer wieder die Augen der Fische einfallen. Er ist nicht so, wie Sofie vielleicht denkt.

Auch ihm tut es irgendwie Leid, dass die Fische jetzt tot sind. Aber Mama und Papa haben Recht und ausnahmsweise auch mal Marie. Er ist tatsächlich der Jäger gewesen, und je fester er daran glaubt, umso besser fühlt er sich wieder. Einfach so töten wollte er die Fische schließlich nicht, aber einer muss doch dafür sorgen, dass es etwas zu essen für sie alle gibt.

Jasper lässt sich den Fisch schmecken, so gut er kann, und denkt, dass Bele wahrscheinlich nicht so einen Aufstand gemacht hätte. Bele hätte ihn schon verstanden. Schade, dass Marie sich gerade mit ihr verkracht hat. Wenn Jasper richtig gehört hat, dann redet Marie nie wieder mit ihr, weil Bele ihr den Stammplatz in der Handballmannschaft streitig gemacht hat, obwohl sie jünger ist und längst nicht so gut spielt wie Marie.

Jasper denkt, dass Bele bestimmt gut spielt und Marie wahrscheinlich nur neidisch auf sie ist. Wäre er ja vielleicht auch, wenn Ben plötzlich für die Tore zuständig wäre und er selbst von der Bank aus zugucken müsste. Aber er und Ben sind ein eingespieltes Team, das zusammen immer noch am besten ist. Jasper wirft einen Blick zum Telefon, das weiterhin stumm dasteht. Gleich nach dem Abendessen wird er noch mal bei Ben anrufen, um zu hören, ob er wieder aufgetaucht ist.

Nach dem Abendessen sitzt Lina aber bereits mit dem Hörer in der Hand da, weiß der Kuckuck, wie sie das geschafft hat, ruft zuerst ihren Allerliebsten – Tilman – an, dann eine ihrer Freundinnen, der sie die neuesten Neuigkeiten in aller Ausführlichkeit mitteilen muss. Jasper hört am Anfang noch zu, kriegt es sogar hin, die ganze Zeit in der Nähe des Telefons zu tun zu haben: Schuhe räumen und Jacken umhängen und so. Nach einer Dreiviertelstunde hat er aber dann doch genug. Und als Lina sich zu allem Überfluss auch noch im Sessel zurücklehnt und zu ihrer Freundin sagt: »Aber jetzt erzähl du doch mal! Wie war's denn bei dir?«, und Jasper sowieso nichts mitbekommt außer einem »Ist ja irre!« und »Das hat er wirklich gemacht?«, wird's ihm langsam zu bunt. Ein paarmal läuft er noch im Flur auf und ab, gibt Lina mit einem Zeichen zu verstehen, dass er dringend einen Anruf zu erledigen hat. Weil Lina aber keinerlei Anstalten macht, den Rest des Gesprächs auf einen späteren Zeitpunkt zu verschieben, verschwindet er in seinem Zimmer, kickt einen Tennisball gegen die Wand, geht schließlich aufs Klo, und als er zurückkommt, sitzt Marie beim Telefon und erzählt wem auch immer von ihrem Krach mit Bele, der für Jasper längst keine Neuigkeit mehr ist.

»Hör auf!«, sagt er. »Hör sofort auf. Jetzt bin ich dran!« Er will auf Marie los, will ihr den Hörer aus der Hand reißen, lässt es aber dann sein. Es hat sowieso keinen Sinn, obwohl er im Recht ist und sich zu allem Überfluss nun auch noch anhören muss, wie Marie sich über ihn auslässt und sagt: »Mein kleiner Bruder tickt nicht ganz richtig. Nicht mal in Ruhe telefonieren lassen kann der einen.«

Fest kneift Jasper Marie in den Arm, er kann nicht anders. Er hört noch, wie sie sich beschwert, dreht sich um und will vom Telefon und seinen Schwestern an diesem Abend nichts mehr wissen. Mal ganz abgesehen davon, dass er inzwischen zu dem Schluss gekommen ist, dass vermutlich mit Ben alles stimmt und er vor lauter Versöhnung seiner Eltern vorübergehend vergessen hat, dass er mit seinen drei Freunden verabredet war. Heute Abend, wenn er im Bett liegt, wird es ihm vielleicht wieder einfallen. Aber dann schläft Jasper schon und Ben kann ihm die Sache nicht mehr erklären, auch wenn Jasper sich natürlich mit Ben freuen würde.

Jasper baut sein Tischfußballspiel auf und beginnt ein Spiel gegen sich selbst, weil er ja sonst niemanden hat, geht ganz schnell in Führung, setzt noch einen drauf, während die gegnerische Mannschaft kämpfen muss und das Tor wie vernagelt zu sein scheint. Ein Freistoß über das halbe Spielfeld geht schließlich knapp neben das Tor, dann ist Seitenwechsel und es wird dunkel über dem Spielfeld, weil plötzlich ein Unwetter aufzieht. Aber Jasper gibt trotzdem nicht auf. Er spielt und schießt und ein Sieg liegt in der Luft, während der Regen losprasselt, während das Spiel zu einer Wasserschlacht wird, in der alle ihr Letztes geben und ...

Plötzlich steckt Marie den Kopf zur Tür herein. »Zwar hast du nicht verdient, dass ich dich ans Telefon hole«, sagt sie, »aber ich mache es trotzdem. Dein Freund Ben ist am Apparat und will dich sprechen.«

Augenblicklich vergisst Jasper, dass er sich in den Schlussminuten des Spiels aller Spiele befindet, ist schon im Flur, nimmt den Hörer in die Hand und sagt: »Na endlich! Ich hab schon gedacht, du hast dich in Luft aufgelöst.«

»Wohl kaum«, kommt es vom anderen Ende. »Aber die Idee ist vielleicht gar nicht so schlecht.« Ben klingt matt und nicht gerade wie ein Sohn von Eltern, die frisch versöhnt sind.

»Hast du unsere Verabredung vergessen?«, fragt Jasper, weil ihm nichts anderes einfällt, und Ben antwortet: »Nein, habe ich nicht.«

»Oh.« Jasper schluckt. »Verstehe.«

»Was verstehst du?«

»Na ja, dass …« Jasper bricht ab.

Und Ben sagt: »Meine Mutter hat heute ihre Taschen gepackt und ist gegangen.«

Jasper haut es fast um, so, wie Ben das sagt. »Ja, aber …«, stammelt er.

»Nichts aber«, sagt Ben und wird immer leiser.

Eine Weile ist es ganz still.

»Jasper?«

»Ja?«

»Bist du noch da?«

»Klar bin ich noch da.«

Am anderen Ende seufzt es.

»Und dein Vater?«, fragt Jasper schließlich.

»Der sitzt im Wohnzimmer und guckt Fußball. Aber er hat seit zwei Stunden kein Wort mehr gesagt.«

»Und weißt du, wo sie hingegangen ist?«

Wieder seufzt es. »Weiß ich nicht.«

Stille. Dann fragt Ben: »Sehen wir uns morgen?«

»Könnte gut sein.«

»Also ja.«

»Was denkst du denn?« Sie verabreden sich, dann legen sie auf und Jasper steht noch einen Moment im Flur, bevor er sich zu den anderen ins Wohnzimmer setzt.

»Alles in Ordnung?«, fragt Mama, die gerade dabei ist, einen Korb voller Jungen- und Mädchenunterhosen und -hemden zu sortieren.

Jasper nickt. Er guckt auf den Fernseher, in dem wahrscheinlich derselbe Fußball läuft wie bei Ben und seinem Vater zu Hause. »Warum hast du mir nicht Bescheid gesagt?«, beschwert er sich kurz bei Papa.

Papa gibt ihm keine vernünftige Antwort darauf, schlägt nur die Hände über dem Kopf zusammen, als das erste Tor für die Bayern fällt, und plötzlich, ohne dass Jasper es eigentlich will, rutscht es aus ihm heraus: »Sie ist weg«, sagt er. »Ben hat gesagt, sie hat ihre Taschen gepackt und ist gegangen, ohne dass er weiß, wohin.«

Alle gucken ihn an. Selbst Papa vergisst für einen Moment seinen Fußball.

»Was sagst du da?«, fragt Mama ungläubig, kommt näher und Jasper muss ihnen alles erzählen, was er weiß.

»Verflixt«, sagt Mama, als er fertig ist, und Sofie fragt: »Hat Ben dann keine Mama mehr?«

»Doch«, beteuert Lina. »Seine Mutter bleibt immer seine Mutter, auch wenn sie nicht mehr für ihn da ist.« Sie legt den Kopf schief, guckt Jasper mitleidig an, beinahe so, als sei ihm selbst gerade die Mutter abhanden gekommen, und sagt: »Der arme Ben. Bestell ihm viele Grüße von mir und richte ihm aus, dass er auch mit mir reden kann, wenn er will.«

»Ich werd's ihm sagen«, murmelt Jasper und sieht zu, wie Lina sich von ihrem Sessel erhebt, wie sie den geflochtenen Zopf auflöst, ihre blonde Mähne schüttelt und sagt: »Tut mir Leid, ich muss los. Ich geh mit Tilman noch ins Kino.«

»Aber nach dem Kino ist Schluss«, sagt Papa und es klingt fast, als sei Lina bereits zu spät nach Hause gekommen.

»Keine Angst«, seufzt sie und verschwindet kurz noch im Bad, dann fliegt die Tür hinter ihr zu.

Jasper bleibt an diesem Samstagabend bei Mama und Papa und seinen beiden Schwestern Sofie und Marie, drückt sich in die Kissen des Sofas, guckt noch ein bisschen Fußball, aber er kann nicht aufhören an Ben zu denken. Mit dem wollte er wirklich nicht tauschen. Was sollte er denn plötzlich ohne Mama anfangen? Er allein, nur mit Papa, auch ohne seine drei Schwestern, ohne Lina, Marie und Sofie? Jasper kann es sich nicht vorstellen und er will es auch nicht, obwohl er sich manchmal doch sonst wohin wünscht vor Wut über seine drei Schwestern. Aber wenn sie tatsächlich alle ihre Koffer packten und ihn hier zurückließen – was dann?

Als er irgendwann im Bett liegt, schläft er nicht gleich ein, hat auch nichts dagegen, dass Mama noch mal mit einem Gutenachtkuss zu ihm kommt, obwohl er dafür eigentlich längst zu alt ist. Aber Mama möchte ja auch nicht immer ungeküsst bleiben, und warum soll er ihr den Gefallen nicht tun?

»Manches ist schwer zu verstehen«, sagt Mama noch, »trotzdem ist es vielleicht besser für die ganze Familie. Dass etwas sehr wehtut, gehört leider zum Leben.«

»Ja, ja«, sagt Jasper, zieht die Decke hoch, dann geht die Tür zu und er ist wieder allein. Bele hat seit Ewigkeiten keinen Vater mehr, geht es ihm durch den Kopf, und wer weiß, ob sie je wieder einen bekommt. Ihre Mutter hätte es wahrscheinlich auch lieber anders gehabt und nicht auch noch erleben müssen, dass ihr eigener Mann nicht bei ihr blieb, weil ihm vielleicht alles zu schwer war. Jasper atmet tief aus und wieder ein, liegt da und denkt, dass er später nicht so sein will, ganz egal was passiert. Und dass er sich mit seiner Frau verstehen will und man immer mit ihm reden kann und nicht eines Tages weggehen muss. Jasper beißt sich auf die Lippe, ganz fest. Morgen kommt erst mal Ben, der wenigstens einen Freund hat, auf den er sich verlassen kann. Und übermorgen riskiert Jasper es vielleicht einfach und geht zu ihr hin. Einfach so. Und weil er gern von ihr wissen will, ob sie irgendwas braucht.

10. Kapitel

Fast den ganzen Sonntag ist Ben bei Jasper und alle sind nett zu ihm. Sofie hat ihm einen kleinen Stoffhasen geschenkt, der zwar keine Ohren mehr hat, dafür aber einen Plastikschwanz, mit dem er wackeln kann. Marie hat mit Mamas Hilfe einen Kuchen gebacken, weil sie es sowieso vorhatte, aber eben auch wegen Ben, Lina lächelt, so oft sie kann, und sagt immer wieder: »Na, ihr!«, und Mama und Papa haben noch kein einziges Mal gemeckert und erlauben Jasper irgendwie viel mehr als sonst. Wenn es ihm nicht so Leid für Ben tun würde, dann fände Jasper das Ganze beinahe gut.

Aber Jasper tut es nun mal Leid, was mit Bens Mutter passiert ist, und obwohl Ben so gut wie kein Wort darüber verliert, sieht er blass aus und traurig.

»Dafür sind wir jetzt eben ein echter Männerhaushalt, mein Vater und ich«, sagt er einmal und sieht Mama, die gerade um die Ecke verschwindet, gedankenverloren nach.

»Sei froh«, sagt Jasper und Ben sagt: »Bin ich auch.« Aber es klingt nicht so richtig danach. Dann vertiefen sie sich wieder in Zeitschriften, setzen ihr Tischfußballturnier fort, werden zwischendurch sogar ins Zimmer der Mädchen gerufen, weil Sofie ein Theaterstück für sie eingeübt hat. Sehr spannend findet Jasper es nicht, trotzdem klatscht er, als es zu Ende ist, weil auch die anderen es tun. »Schön«, sagt er, will wieder gehen, aber Ben sagt: »Warte noch einen Moment.« Er sieht sich in den Regalen um, betrachtet die Poster an der Wand und fragt Lina, ob das ihre Lieblingsmusiker sind.

Lina nickt, erzählt, dass sie einen von ihnen sogar schon live erlebt hat und auf jeden Fall zum nächsten Konzert hin will, lächelt, wirft ihre Haare zurück und Ben steht da und wird wieder mal rot.

Jasper dreht sich um, ist schon fast bei der Tür, aber so schnell hat Ben noch nicht genug. Er redet mit Lina, erzählt ihr von der Musik, die er neuerdings hört, und davon, dass er später wahrscheinlich Schlagzeuger werden will.

Jasper guckt. Davon weiß er ja noch gar nichts. »Und ich?«, fragt er und kommt sich fast ein bisschen überflüssig vor. »Was werde ich?«

»Du«, sagt Ben und grinst, »du wirst Sänger und Gitarrist.«

Jasper zieht die Nase kraus, und dass die beiden immer noch weiterreden, macht ihm genau genommen kaum etwas aus. Die Idee von Ben ist vielleicht wirklich gar nicht so schlecht.

Später, als sie wieder in seinem Zimmer sitzen, weil Lina dringend wegmusste und Marie Besuch von ihrer Freundin Nadia bekam, packt Jasper die alte Gitarre, die Papa ihm vermacht hat, aus und schlägt die Saiten an, auch wenn er es nicht richtig kann.

»Dein Talent ist jedenfalls nicht zu überhören«, sagt Ben, dessen Gesicht nun endlich wieder ein bisschen besser aussieht. »Wenn du jeden Tag übst, kannst du es noch zu etwas bringen.«

»Zusammen mit dir«, sagt Jasper jetzt, drückt Ben zwei Stöcke in die Hand, schiebt ihm einen Stuhl hin und setzt sich selbst noch eine alte Sonnenbrille auf. Und dann machen sie Rockmusik, wie sie rockiger gar nicht geht, stehen auf der Bühne vor Tausenden von Menschen, die johlen und klatschen und tanzen, und sie selbst springen und schreien und singen.

Bis die Tür plötzlich aufgeht und Papa fragt: »Ginge es vielleicht eine Spur leiser?«

Jasper lässt die Gitarre sinken, verzieht sein Gesicht und Ben hockt mit den zwei Stöcken vor seinem Stuhl und sieht plötzlich ganz und gar nicht mehr wie ein Rockmusiker aus.

»Alles klar«, murmelt Jasper, aber die ganze Stimmung ist irgendwie hin, das Publikum hat sich in Luft aufgelöst, und obwohl Papa sie noch aufzumuntern versucht mit den Worten: »Ansonsten wart ihr doch gar nicht mal schlecht«, brechen sie ihr Konzert für heute ab. »Morgen«, sagen sie sich, »ist schließlich auch noch ein Tag.«

Dann sitzen sie da, beschäftigen sich mit allerhand Sachen, mit denen sie sich sowieso längst wieder mal beschäftigen wollten, bis Ben irgendwann aufsteht und erklärt: »Ich muss mal nach Haus. Mein Vater wartet bestimmt schon auf mich.«

Jasper bringt Ben zur Tür und lächelt seinem Freund zu, versucht sich nichts anmerken zu lassen von dem, was ihm durch den Kopf geht. Vielleicht ist Ben froh, wenn er nicht immer wieder an alles erinnert wird. Schließlich ist es ja traurig genug und Ben hat sich bestimmt auch schon gefragt, wohin seine Mutter eigentlich gegangen ist. Vielleicht, denkt Jasper, gibt es ja einen Ort, an den sie immer schon einmal gewollt hat. Morgen wird er Ben danach fragen.

Er kommt am Zimmer seiner Schwestern vorbei, hält einen Moment inne, geht weiter. Wirklich schade, dass Marie sich ausgerechnet mit Bele nicht mehr versteht. Gerade jetzt, wo er anfing sie ein bisschen zu mögen. Wegen ihrer Mutter vielleicht und weil sie keinen Vater mehr hat und trotzdem fröhlich ist und schöne Augen hat.

Jasper wirft sich auf sein Bett, steht wieder auf. Irgendwie muss er die ganze Zeit an Bele denken. Und daran, dass sie nicht mehr zu ihnen kommt. Dabei hat sie Berge von Marmeladebroten verdrückt und über jeden seiner Witze gelacht.

Jasper spitzt die Ohren, hört, was sich im Zimmer der Mädchen nebenan tut. Und als die Tür plötzlich aufgeht und Sofie maulend herauskommt, weil sie bei den beiden Großen anscheinend nicht mehr mitspielen darf, kommt ihm eine Idee.

»Hör zu!«, sagt er. »Wir spielen Sachen-verschwinden-und-wieder-auftauchen-Lassen, so lange, bis Marie etwas merkt. Ich bestelle und du holst es unauffällig und bringst es kurze Zeit später wieder zurück.«

Sofie guckt ihn einen Moment lang verständnislos an, aber dann gefällt ihr seine Idee. »Fang an!«, sagt sie.

Jasper kratzt sich am Kinn. »Einen Glitzerstein bitte«, sagt er und Sofie nickt, verschwindet hinter der Tür des Mädchenzimmers, kommt schließlich wieder heraus. »Es klappt«, sagt sie, legt ihm den Glitzerstein hin und fragt: »Und was jetzt?«

»Hm.« Jasper verzieht keine Miene. »Das kleine Adressbuch von Marie«, sagt er und wieder saust Sofie los, strahlt dabei übers ganze Gesicht.

Keine Minute dauert es, bis Jasper das Adressbuch in den Händen hält. Er schickt Sofie wieder los, um eine Muschel für ihn zu holen, dann blättert er hastig, findet die Seite, auf der Beles Name, ihre Adresse und die Telefonnummer stehen, prägt sich alles ein, klappt das Buch wieder zu, drückt es Sofie, als sie mit der Muschel ankommt, in die Hand und murmelt: »Und jetzt bitte Maries Lieblingsstift und einen Block.«

Sofie gluckst. Jasper bekommt, was er will, und sie beide haben ihren Spaß. Jasper bestellt und Sofie trägt heraus und wieder hinein, immer größer und schwerer werden die Gegenstände, die Sofie aus Maries Nähe wegbewegen muss. Bis Marie endlich etwas bemerkt und »Was fällt dir ein?« ruft. »Lass gefälligst die Finger von meinen Sachen! Du machst doch sowieso wieder nur alles kaputt.«

Sofie guckt Jasper an und Jasper Sofie, dann grinsen sie beide zufrieden und Sofie verzieht sich ins Wohnzimmer zu Mama und Papa. Jasper geht in sein Zimmer, schließt die Tür, atmet tief durch. Morgen könnte er es vielleicht wagen. Morgen, wenn die Schule aus ist und er doch irgendwie nach Hause muss. Welchen Weg er dafür wählt, ist doch egal, Hauptsache, er hat eine Richtung und ein Ziel. Wenn er zwischendurch schnell mal zu Bele geht und sie besucht, stört es ja keinen und es fällt außer ihr auch niemandem auf.

Jasper ist fest entschlossen, obwohl sein Herz schon allein bei dem Gedanken daran zu klopfen anfängt. Er weiß ja nicht, was sie machen wird und ob sie ihn überhaupt zu sich hineinlässt. Vielleicht findet sie es ja blöd, dass er kommt, und sagt: »Hau ab, aber schnell!« Oder sie fängt laut an zu lachen, ruft ihre Mutter und dann amüsieren sie sich beide über das Gestottere, das Jasper vor lauter Verlegenheit von sich gibt?

Tief in seiner Hosentasche vergräbt er den Zettel mit der Adresse, die er eigentlich schon auswendig kann, und überlegt, dass er vielleicht Sofie bitten sollte mit ihm zu gehen. Dann könnte er sich hinter sie stellen, wenn Bele die Tür aufmacht, und erst mal abwarten, was sie überhaupt sagt. Vielleicht wäre es sogar am allerbesten, wenn er Marie überreden könnte sich mit Bele wieder zu vertragen. Aber vielleicht ja auch nicht. Vielleicht macht er es morgen tatsächlich, geht hin und klingelt, weil er kein Schisshase ist.

Jasper nimmt es sich vor, obwohl sein Herz nicht aufhört zu klopfen, sobald er daran denkt. Und dann, als die Schule am nächsten Tag aus ist und er sich schon fast auf den Weg machen will, ruft Anna-Lena ihm nach: »Jasper, warte! Ich habe noch etwas für dich.«

Jasper stutzt. Und Ben, der neben ihm geht, macht ein Gesicht, als frage er sich, ob mit seinen Ohren noch alles ganz in Ordnung ist.

Anna-Lena kommt angelaufen und drückt jedem von ihnen einen Umschlag in die Hand. »Ich lade euch ein«, sagt sie mit einem Lächeln auf den Lippen.

»Oh.« Jasper wird rot. Und weil Pille und Jan bereits im Anmarsch sind, lässt er den Umschlag eilig in seiner Schultasche verschwinden.

»Alles klar?«, fragt Pille grinsend, guckt von einem zum anderen und Ben sagt: »Alles klar.«

Sie lassen Anna-Lena einfach stehen, gehen weiter, gucken sich kein Mal mehr um. Sie haben sowieso nicht vor auf eine Weiberparty zu gehen, auch wenn Anna-Lena sie anlächelt und Einladungen verteilt. Na und? Einladungen bekommen sie schließlich mehr als genug und haben außerdem anderes zu tun als Ringelreihen zu spielen oder sonst irgendwelchen Quatsch.

An der Ecke trennen sich ihre Wege. Jasper nickt Ben, Pille und Jan noch einmal zu und denkt, als er die drei davonschlendern sieht, dass Ben sich wahrscheinlich bald schon daran gewöhnt haben wird, allein mit seinem Vater zu Hause zu sein und nicht zu wissen, wo seine Mutter ist. In der Schule jedenfalls hat er so gut wie nichts darüber gesagt, hat immer nur mit den Achseln gezuckt und knappe Antworten gegeben, als Pille und Jan ihn gefragt haben.

Jasper schlägt den direkten Weg zu sich nach Hause ein. Er hat Hunger und ist mit der Einladung in seiner Schultasche für heute mehr als bedient. Sollen die Weiber ihren Kram doch allein machen! Er jedenfalls macht da nicht mit.

Den ganzen Nachmittag packt er Anna-Lenas Umschlag nicht aus, und als er es irgendwann tut, will er ihn gleich im Papierkorb versenken, zögert dann und nimmt das Blatt doch schnell mal heraus, liest es sich durch. Wenn Anna-Lena nicht gerade ein Mädchen wäre, denkt er, wäre die Einladung vielleicht gar nicht so schlimm und Jasper müsste auch nicht sauer auf sie sein und sich fragen, was sie von ihm will.

Jasper seufzt. Er wird nicht zu ihrem Geburtstag gehen und auch sonst niemandem einen Besuch abstatten. Er hat nicht vor sich zum Gespött seiner Freunde zu machen. Abgesehen davon hat er sowieso genug mit sich selbst zu tun.

11. Kapitel

In der Nacht hat Jasper nicht gut geschlafen. Irgendwie hat er ganz durcheinander geträumt. Von Einladungen, die Beles Mutter ihm in ihrem Rollstuhl überbracht hat, von Pille, der nicht aufgehört hat zu grinsen, während er mit einer Torte in der Hand die Schule verließ, von Tanzspielen und fliegenden Haaren und den dunklen Augen von Bele, die immer nur zu ihm herübergesehen haben, und von Anna-Lena, die lächelte, auch dann noch, als Ben zu ihr kam und sagte: »Herzlichen Glückwunsch, obwohl ich eine andere trotzdem lieber mag.«

Jasper seufzt. Es ist Nachmittag und er geht durch die Straßen und fühlt sich irgendwie fremd. Alles ist so schwierig, und was er mit Anna-Lenas Einladung machen soll, weiß er auch nicht. Er kann doch nicht tagelang einfach so tun, als hätte er sie überhaupt nicht bekommen. Selbst wenn Pille und Jan ihre Witze darüber machen, muss er sich doch wenigstens dafür bedanken oder Anna-Lena sagen, dass er nicht kommen will. Dabei ist so eine Weiberparty vielleicht gar nicht so schlimm? Jasper hat ehrlich gesagt ja auch nicht vor sein ganzes späteres Leben immer nur mit Jungen zu verbringen.

Vor dem Schaufenster eines Juwelierladens bleibt Jasper stehen. Die Ringe mit den Diamanten gefallen ihm gut, aber wahrscheinlich sind sie nicht gerade billig. Schade, denn sonst hätte er einen kaufen, ihn sich als Geschenk einpacken lassen und mit auf Anna-Lenas Geburtstagsparty nehmen können. Obwohl ... Jasper schluckt. Noch lieber hätte er ihn woanders hingebracht. Wenn er sich nur endlich traute!

Mit den Händen in den Hosentaschen geht Jasper weiter, geht einfach die Straße hinunter, irgendwohin.

Ben würde es vielleicht genauso versuchen wie er. Ben ist jedenfalls nicht immer nur darauf bedacht, so zu tun, als wären ihm die Weiber egal. Obwohl er immer noch traurig ist wegen seiner Mutter, kann er nicht genug bekommen von Lina, in die er verknallt ist, auch wenn sie älter ist und einen Freund hat, der Tilman heißt und sie abholt oder vor seinen Augen sogar küsst.

An einer Ampel bleibt Jasper stehen, wartet, bis sie auf Grün springt, geht weiter. In der Südstraße wohnt Bele, denkt er. Südstraße wie Nordstraße, Hausnummer 10. Jasper kennt den kürzesten Weg. Und als er an einem Stand mit silbernen Anstecknadeln vorbeikommt, sucht er kurz entschlossen ein Flusspferd aus und kauft es, weil es am nettesten guckt. Dann geht er weiter, noch um zwei Ecken herum. Sein Herz schlägt ihm bis zum Hals und seine Knie sind weich. Jasper sucht nach dem richtigen Klingelknopf. Soll er es wirklich wagen?

Sein Finger ist schneller als sein Kopf. Durch das halb offene Fenster der Parterrewohnung hört er das Klingeln, dann tut sich einen Augenblick nichts. Vielleicht, denkt Jasper, sollte er weglaufen, so schnell er kann, und außerdem fällt ihm wahrscheinlich sowieso kein einziges Wort ein ...

Der Türöffner summt. Jasper betritt das Treppenhaus,

das kühl ist, und dann steht Bele plötzlich vor ihm, lacht nicht und ruft auch nicht nach ihrer Mutter, sondern steht einfach nur da und sagt: »Du?«

Jasper nickt. Er schnappt nach Luft und sieht, dass Bele rot geworden ist, und wahrscheinlich ist er es auch, aber irgendwie macht es ihm nichts.

Bele nimmt ihn bei der Hand, zieht ihn hinter sich her in die Wohnung und er lässt es geschehen. »Meine Mutter ist nicht da«, sagt sie, »und meine Oma auch nicht.«

Jasper sieht sich um. Ihm fallen die vielen Bücher auf, die überall herumliegen, Berge von alten Zeitungen, ein Computer steht in der Ecke, riesige Pflanzen, die bis unter die Decke reichen, und dann die Kerze, die brennt.

»Sie wird gerade operiert«, sagt Bele, die anscheinend gemerkt hat, wo Jaspers Blick hängen geblieben ist. »Wir stellen immer eine Kerze auf, damit alles klappt.«

Jasper sieht Bele an. »Deine Mutter?«, fragt er, obwohl er eigentlich längst weiß, dass niemand anderes gemeint sein kann.

Bele zuckt mit den Achseln. »Meine Oma muss gleich wieder hier sein«, sagt sie, seufzt und fährt dann fort: »Wenn du willst, zeige ich dir mein Zimmer.«

Jasper will. Er folgt Bele durch den langen Flur, guckt sich alles genau an, selbst die Hängematte, die unter Beles Hochbett aufgespannt ist. Dann kommt Beles Oma mit Kuchen und sie sitzen zu dritt da, trinken Saft, und als Jasper mal muss, geht Bele mit ihm bis zur Tür und sagt: »Beeil dich! Dann kannst du gleich auf den Kran.«

Jasper erledigt, was sich kaum noch aufhalten lässt, und

staunt nicht schlecht, als Bele ihm schließlich den Hebekran zeigt, mit dessen Hilfe ihre Mutter in die Badewanne gehievt werden kann.

Jasper zögert, traut sich nicht Platz zu nehmen darin, aber Bele macht es ihm vor und sie wechseln sich ab, lassen sich hoch und wieder runter, sind irgendwann Seeleute in Not, die auf einer kleinen Bohrinsel stehen und nur über einen Hubschrauber, der ein Seil zu ihnen hinunterlässt, überhaupt in Sicherheit gebracht werden können. Bele schwitzt und lacht und Jasper ist schließlich der Hubschrauberpilot, der sein Leben einsetzt für sie. Dann endlich sind sie gerettet.

Beles Oma bringt ihnen Kekse, sie verkriechen sich in Beles Hängematte, Jasper fühlt ihren Arm an seinem, sieht ihr Gesicht, das ganz nah ist und schön.

»Glaubst du, sie kann irgendwann wieder laufen?«, fragt er und steckt sich einen Keks in den Mund.

Bele legt den Kopf zurück und ihre Augen sind für einen Moment irgendwo in die Ferne gerichtet. »Die Ärzte sagen, dass es wahrscheinlich nichts wird«, sagt sie. »Aber ich glaube es trotzdem.« Kurz lacht sie und fügt fast beschwörend hinzu: »Sie schafft es, und wenn nicht, wird es auch irgendwie gehen.«

Jasper sagt nichts, guckt Bele nur an.

»Verrückt«, sagt sie nach einer Weile, »dass du ausgerechnet heute gekommen bist. Dabei hast du doch gar nichts davon gewusst.«

»Nein«, sagt Jasper, »woher auch? Wo du mit meiner Schwester doch nicht mehr redest.« Auf einmal muss er grinsen, genau wie Bele, die ihn vorsichtig mit ihrem Arm anstößt und dann sagt: »Ich hätte nicht gedacht, dass du dich das traust.«

»Ooch«, macht Jasper. Er holt tief Luft, zieht dann das kleine Päckchen aus seiner Hosentasche und drückt es Bele in die Hand. »Das habe ich dir mitgebracht.«

Auf einmal wird ihm heiß und kalt.

»Danke«, sagt Bele, die ziemlich rot geworden ist, und packt das kleine Flusspferd aus, steckt es sich an.

Eine Weile ist es ganz still und Jasper wagt es fast nicht mehr, auf ihre dunklen Augen zu gucken, auf die Sommersprossen, die zum Greifen nah sind, und auf den Mund, der schon wieder lacht. »Tja«, sagt er und erhebt sich nun langsam, obwohl er eigentlich noch Stunden bleiben könnte. »Ich muss dann mal gehen.«

Bele bringt ihn durch den Flur bis zur Tür, Jasper sagt ihrer Oma noch »Tschüs«, dann steht er im Treppenhaus und Bele hält ihn einen Augenblick fest. »Kommst du mal wieder?«, fragt sie.

»Soll ich?«

Bele nickt. Sie hält immer noch seine Hand und dann lächelt sie plötzlich, ihr Gesicht ist ganz nah und er fühlt ihre Lippen auf seinen, nur kurz.

Jasper schluckt. Er schafft noch ein Lächeln, murmelt »Bis bald«, dann saust er davon.

Wie er wieder auf die Straße gekommen ist, weiß er selbst nicht, aber er merkt, dass er geht, dass er zwischendurch läuft und fast abhebt dabei. Alles ist anders, die ganze Welt ist so leicht und fühlt sich gut an und Jasper hat gar nicht gewusst, dass es das gibt. Bele ist nett, das netteste Mädchen, das er sich überhaupt vorstellen kann, und ausgerechnet sie hat ihn geküsst. Ihre Lippen haben seine berührt und schmeckten weich und so gut wie sonst nichts. Und morgen oder übermorgen geht er vielleicht wieder zu ihr und erzählt es wahrscheinlich auch seinem Freund Ben, der ihm das Ganze hoffentlich glaubt und nicht gleich anfängt irgendwelche Witze zu reißen wie Pille und Jan.

Wenn Pille und Jan wüssten, wie gut sich so ein Kuss anfühlt, würden sie es vielleicht auch wagen, würden zu einem Mädchen gehen, das sie nett finden, und ihm ein Geschenk überreichen.

Jasper atmet tief durch, dreht noch eine Ehrenrunde um den Block, weil er sich irgendwie wieder beruhigen muss, aber als er nach Hause kommt, fragt Marie ihn gleich: »Was machst du denn für ein Gesicht? Hast du einen Hauptgewinn beim Preisausschreiben gewonnen?«

Jasper grinst. »So ähnlich«, sagt er, holt tief Luft und fügt schnell noch hinzu: »Jedenfalls soll es mir ganz egal sein, mit wem du Krach hast und mit wem nicht.«

Marie versteht natürlich nur Bahnhof, was Jasper aber nicht stört. Er geht in sein Zimmer, dreht kurz seine neue Lieblingsmusik auf, dreht sie aber sofort leiser, als Mama kommt und sich beschwert, weil ihr, wie sie behauptet, fast die Ohren abfallen.

Jasper nimmt Rücksicht. Und er ist freundlich und nett zu allen, weil es ihm selbst gut geht, weil er nicht aufhören kann an Bele zu denken, an ihre Lippen und den Kuss und die Hubschrauber-Rettungsaktion. Morgen ruft er sie vielleicht an oder geht zu ihr und fragt, wie es mit der Operation ihrer Mutter geklappt hat.

12. Kapitel

Der Platz neben Jasper bleibt am nächsten Tag leer. Jasper ist enttäuscht. So gern hätte er Ben von allem erzählt, denn erstens kann er einfach nicht vergessen, was mit ihm und Bele passiert ist, und zweitens ist Ben sein bester Freund und hat sozusagen ein Anrecht darauf, über alle wichtigen Ereignisse auf dem Laufenden gehalten zu werden.

Der Vormittag wird Jasper lang. Er fragt sich, ob Ben wieder mal Halsschmerzen hat, und kurz geht ihm sogar durch den Kopf, ob er statt Ben eben Jan und Pille über alles aufklären soll. Irgendwann müssen sie es schließlich auch wissen. Jetzt oder vielleicht doch später?

Jasper läuft zwischen den Tischen und Stühlen umher, muss sich einige Kommentare seiner Freunde gefallen lassen, denen nicht entgeht, dass es ihn an diesem Morgen nirgendwo hält, aber er erzählt ihnen nichts, ist froh, als der Vormittag endlich vorbei ist und er sich wieder auf den Weg machen kann Richtung Süden, dorthin, wo irgendwo die Südstraße ist, auch wenn er es sich auf halber Strecke anders überlegt, weil Bele vielleicht sonst denken könnte, er sei übergeschnappt. Besser ruft er noch mal an, in ein paar Tagen oder Wochen vielleicht, wenn ihre Mutter aus dem Krankenhaus zurück ist und sie nicht glauben muss, er käme nur aus Mitleid zu ihr. Mal ganz abgesehen davon, dass sie wahrscheinlich jetzt sowieso unterwegs ist, um ihrer Mutter einen Besuch abzustatten.

Jasper biegt also ab, geht nicht in die Südstraße. Er weiß ja außerdem gar nicht, ob sie ihn noch mag. Vielleicht ist sie heute Morgen aufgewacht und hat gemerkt, dass sie sich geirrt hat, dass sie in Wirklichkeit einen ganz anderen Jungen nett findet, nicht Jasper.

Jasper findet kein anderes Mädchen nett, jedenfalls nicht so wie Bele. Und wenn Ben zu Anna-Lenas Geburtstag gehen will, dann ohne ihn.

Er steckt die Hände in die Hosentaschen, lässt sich Zeit, bleibt immer mal wieder stehen, sieht sich die Auslagen in den Schaufenstern an, nur am Kiosk mit den Halbnackten auf den Titelbildern der Zeitschriften geht er zügig vorbei, weil er nicht will, dass andere sehen, dass er guckt. Dabei interessieren ihn die Bilder, obwohl er das meiste natürlich längst kennt. Einen Busen hat Mama ja schließlich auch und Jasper hat sie schon öfter pudelnackt gesehen. Natürlich ist ihm auch nicht neu, dass bei ihr manches anders ist als bei seinen Schwestern, dass sie beispielsweise Haare an Körperstellen hat, an denen er es sich überhaupt nicht vorstellen kann. Nicht richtig jedenfalls, obwohl es bei Papa ja ganz ähnlich ist. Papa sieht eben aus wie ein Mann, aber dass er, Jasper, eines Tages auch mal so herumlaufen wird, ist ihm trotz allem noch fremd. Mal ganz abgesehen davon, dass er es immer wieder komisch findet, dass man entweder Mann ist oder Frau und trotzdem zusammenpasst. Verrückt, was die Natur sich da ausgedacht hat.

Jasper muss grinsen, als er sich vorstellt, dass jeder von den Erwachsenen, die ihm begegnen, morgens vor dem Spiegel steht und sich nackt sieht. Jeder. Auch der Mann, der seinen Hund gerade anschreit, und die Frau, die eilig ihren Kinderwagen an ihm vorbeischiebt. Jeder muss nur seine Sachen ausziehen, dann ist er es schon und kann sich dann von oben bis unten betrachten, von vorn, von hinten, solange er will.

Jasper merkt, wie der Hunger in ihm aufsteigt. Wenn er Glück hat, gibt es heute vielleicht Lasagne. Oder Pizza oder Reibekuchen mit Apfelkompott.

Jasper wählt den kürzesten Weg nach Hause, schließt erwartungsvoll die Wohnungstür auf, will gerade rufen »Ich bin wieder da! Steht das Essen zufällig schon auf dem Tisch?«, als er das Schluchzen von Lina hört und die Zimmertür, die hinter ihr zufliegt.

»Ist was passiert?«, fragt er Marie und Sofie erschrocken, die ihn mit betretenen Mienen empfangen.

»Kann man wohl sagen«, flüstert Marie, legt ihren Finger auf den Mund und fährt leise fort: »Tilman hat Lina gerade gesagt, dass er Schluss macht.«

»Was hat er?« Jasper versteht nicht so ganz.

»Er hat gesagt, er will doch nicht ihr Freund sein«, erklärt Marie und verzieht ihr Gesicht.

»Ja, aber ...« Jasper kann es nicht glauben. »Dabei fing alles doch gerade erst an.«

»Dafür ist es jetzt aber eben wieder vorbei.«

»Außerdem hat er sowieso längst eine Neue«, mischt sich Sofie jetzt noch ein. »Eine, die viel netter ist.«

»Quatsch«, fährt Marie gleich wieder dazwischen. »Mama hat auch gesagt, dass Tilman wohl nicht ganz bei Trost ist und Lina ihm am besten keine Träne nachweinen soll.«

Jasper schnappt nach Luft. Was fällt Tilman eigentlich

ein, denkt er. Wie kann er denn zu Lina kommen und sie küssen und ein paar Tage später einfach sagen: »Ich will dich nicht mehr.«

Arme Lina. Wenn Ben das erfährt, ist er garantiert genauso sauer wie Jasper.

»Mama hat gesagt, dass Tilman anscheinend noch nicht viel von der Liebe versteht«, sagt Marie, nachdem es eine Weile still geblieben ist, und es klingt ganz ernst und ganz wichtig.

Jasper nickt.

Und Sofie fügt schnell noch an: »Weil die richtige Liebe nämlich nicht so schnell wieder verschwindet.« Sie guckt, als würde sie wissen, wovon sie spricht.

Jasper denkt an Bele und würde am liebsten augenblicklich zu ihr gehen, um sie zu fragen. Aber er bleibt stehen, wo er steht, seufzt und überlegt, ob er schnell mal nach Lina sehen und sie trösten soll.

Weil Lina ihn aber möglicherweise gar nicht in ihrer Nähe haben will, wo er das Ganze doch irgendwie angezettelt hat, geht er zum Telefon und wählt die Nummer von Ben. Vielleicht hat der ja eine Idee.

Ben hat eine, auch wenn er irgendwie heiser klingt, aber er sagt, sein Fieber sei so gut wie vorbei und außerdem habe er sowieso gerade kommen wollen.

Nur eine Stunde später sitzt er bei Jasper im Zimmer, ein bisschen blass zwar, aber trotzdem wild entschlossen Lina zur Seite zu stehen. Jasper hält ihn noch einen Augenblick zurück. Er hat irgendwie ein ungutes Gefühl. Und ganz nebenbei gibt es ja auch noch etwas, was er Ben mitteilen muss.

Jasper weiß nur nicht so ganz, wie. Ein paarmal setzt er an, hat schon fast den ersten Satz auf den Lippen, aber dann kommt ihm doch jedes Mal etwas dazwischen. Einmal stößt Ben sich das Knie, dann fällt ein Stoß leerer Blätter vom Tisch und schließlich knallt irgendwo nebenan eine Tür.

»Hm«, macht Ben, spitzt die Ohren, steht schon fast im Flur, da endlich fasst Jasper sich ein Herz und sagt: »Jedenfalls ist es bei mir nämlich passiert. Bei mir und bei Bele.« Ihm wird heiß und kalt, während er das sagt, und seine Knie sind wieder ganz weich.

Ben steht ganz still.

»Was sagst du?«, fragt er nach einer halben Ewigkeit und schließt sicherheitshalber die Tür.

Jasper wiederholt seinen Satz, und weil Ben ihn anguckt, als käme er vom Mond und wäre gerade frisch auf der Erde gelandet, erzählt er alles, was er erlebt hat, erzählt und bekommt auf einmal wieder dieses Gefühl, als wäre die Welt um ihn herum leicht, als schwebe alles, einschließlich seines Zimmers, mit ihm darin und mit Ben.

»Ist ja verrückt«, sagt Ben irgendwann und Jasper sieht, wie er schluckt. Aber er grinst, stößt ihn von der Seite an und fügt hinzu: »Wenn man dich mal fünf Minuten aus den Augen lässt.«

Jasper beißt sich auf die Lippe, aber auch er grinst dabei, ist froh, dass er so einen Freund wie Ben hat.

»Tja.« Ben tritt von einem Bein aufs andere. »Vielleicht kann ich für deine Schwester ja irgendwas tun«, murmelt er dann und Jasper wäre es irgendwie lieber gewesen, Ben hätte nicht weiter an Lina gedacht. Aber er ist bereits zur

Tür hinaus und Jasper ahnt, dass es möglicherweise nicht ganz einfach für Ben wird. Denn Lina hat bestimmt jetzt anderes zu tun als sich vom Freund ihres kleineren Bruders trösten zu lassen.

Jasper bereut schon fast, dass er Ben überhaupt angerufen und um Hilfe gebeten hat. Er hätte sich doch denken können, was weiter passiert. Leise öffnet er die Tür, lauscht in den Flur, hört aber nichts. Ob Lina überhaupt zu Hause ist? Vielleicht ist sie vor lauter Kummer ja auch aus dem Fenster gesprungen und Ben hinterher, weil er glaubte ihr helfen zu können ...

Jasper wird unruhig, ist fast schon so weit, nachsehen zu gehen, da endlich tut sich etwas, die Tür des Mädchenzimmers geht auf und Ben kommt wieder heraus.

»Sie ist wirklich nett, deine Schwester«, sagt er, als sie wieder bei Jasper auf dem Bett sitzen, und er seufzt. »Ich glaube, sie war froh, dass ich zu ihr gekommen bin, auch wenn ich natürlich noch zu unreif für sie bin und alles noch nicht so gut verstehe.« Ben spricht leise und irgendwie klingt es traurig, was er sagt.

Jasper würde seinen Freund gern trösten und ihm über den Arm streichen, stattdessen aber sitzt er still, hört Ben zu und denkt, dass er für ihn da ist, ganz egal was passiert.

13. Kapitel

Jasper legt den Telefonhörer wieder auf die Gabel, dreht sich um und gibt Marie einfach keine Antwort, als sie fragt, wen er denn die ganze Zeit anrufen will. Beim ersten Mal hat er noch Herzklopfen gehabt, inzwischen aber wünscht er sich nichts sehnlicher, als dass Bele endlich an den Apparat ginge und er sie fragen könnte, was sie heute noch vorhat. Er möchte sie so gern wieder hören. Und sie sehen. Einfach so und weil er die ganze Zeit an sie denkt, bei allem, was er tut.

Noch nie hat Jasper so was erlebt. Und er fragt sich, was wohl passiert, wenn sie ihm sagt, dass er sich alles nur eingebildet hat, dass sie sich bloß einen Spaß mit ihm erlaubt hat und dass sie nie wieder etwas von ihm will.

Jasper schluckt. Bei Lina und Tilman ist es ja auch so ähnlich gewesen, Tilman hat auf einmal gesagt, es wäre aus.

Jasper nimmt seine Jacke, zieht die Tür hinter sich zu und fährt mit dem Fahrrad davon. Vielleicht ist es doch besser, wenn man sich auf die Liebe nicht einlässt, wenn man sich an seine Freunde hält, dann bleibt einem wenigstens der Kummer erspart.

So schnell er kann, saust Jasper durch die Straßen, tritt in die Pedale, schüttelt die Gedanken an Bele mehr und mehr ab.

Was mit Tilman und Lina passiert ist, hat Jasper Pille

bereits erzählt und sie waren sich einig darin, dass es nicht gerade nett von Tilman war und außerdem ganz schön gemein. Trotzdem bleibt Lina immer noch Lina und Tilman Tilman und mit ihrem Viererclub hat die ganze Angelegenheit nicht das Geringste zu tun. Genau wie der Geburtstag von Anna-Lena, zu dem Jasper und Ben ja immer noch eingeladen sind, Jan und Pille aber nicht.

Jasper ist froh, als sie alle vier hoch oben in ihrem Baum sitzen, der nur ihnen gehört. Sie werden nicht zulassen, dass jemand sich je zwischen sie drängt. Kein gemeiner Bruder und keine unglückliche Schwester, kein Geburtstag und keine Einladung, die ein Teil von ihnen kriegt und der andere nicht.

»Vor mir und Pille hat Anna-Lena wahrscheinlich nur Angst«, grinst Jan, während er sich an einen Ast hängt und daran schaukelt.

»Kein Wunder«, stimmt Jasper ihm zu, erntet natürlich gleich einen Knuff und überlegt, ob er seine Einladung nicht einfach weiterverschenken kann, weil er sowieso nicht weiß, was er bei Anna-Lena soll. Wenn Ben schon hingeht, warum dann nicht mit Pille und Jan statt mit ihm? Die beiden wären vielleicht nicht mal abgeneigt, weil sie Anna-Lena in Wirklichkeit gar nicht so schrecklich finden, wie sie immer tun. Und er, Jasper, hätte endlich seine Ruhe.

»Fünf Euro für den, der an meiner Stelle hingeht«, sagt er schließlich, aber Pille und Jan winken gleich ab. »Nicht mal für zehn«, sagen sie und in ihren Gesichtern steht deutlich, dass jedes noch so gute Angebot sie nicht umstimmen wird.

»Selbst wenn ich wollte«, erklärt Pille, »hätte ich sowieso keine Lust, weil der neue Freund meiner Mutter bei uns einzieht und ich ihn nicht unbedingt dahaben will.« Er bricht einen kleinen Zweig vom Baum, zerkleinert ihn in winzige Stücke. »Seit sie ihn kennt«, murmelt er mit verfinsterter Miene, »hat sie nämlich nur noch Augen für ihn.«

»Daran ist die Liebe schuld«, seufzt Jan. »Die macht alle verrückt.«

Jasper holt Luft, sagt keinen Ton und auch aus Ben sprudelt es nicht gerade heraus.

»Dabei müssten es die Erwachsenen doch wenigstens wissen«, fährt Jan schließlich fort. »Aber selbst die kriegen es meistens nicht hin.«

Jasper und Ben wechseln einen Blick. »Das heißt aber nicht, dass sie es nicht immer wieder versuchen«, sagt Ben. »Ich meine, so lange, bis sie merken, dass nichts mehr geht.« Und dann erzählt er von seiner Mutter, die ihre Taschen gepackt hat und weggegangen ist, weil sie es nicht mehr ausgehalten hat.

Pille und Jan starren ihn an. »Und was ist mit dir?«, fragen sie dann.

»Ich komme zurecht«, erwidert Ben hastig, »und außerdem meldet sie sich ja bald.«

Einen Moment ist es still, bis Jan den Kopf schüttelt und sagt: »Ich verstehe das nicht. Meine Mutter sagt auch immer, am liebsten würde sie gehen. Aber ich glaube, sie weiß gar nicht, wohin.«

Jasper ist froh, dass Mama so was nicht sagt und sie sich mit Papa versteht, auch wenn sie manchmal schimpft und sich beschwert, dass sie nicht genug Zeit für sich selbst hat und Papa sich nicht darum kümmert und mit ihr auch nie ins Theater gehen will. Jedenfalls nicht freiwillig und von sich aus.

Jasper würde es tun. Er würde sogar Hemden bügeln und das Mittagessen kochen und sich überhaupt vor gar nichts drücken, wenn er eine Frau bekäme, die nett wäre und so dunkle Augen hätte wie Bele und ... Fest umkrallt Jasper den Ast, der ihn trägt, und weil sich weit hinten über den Wiesen und Feldern bereits dunkle Wolken auftürmen, schlägt er den anderen vor sich wieder auf den Rückweg zu machen.

Leider hat Jans Vorderreifen einen Platten, der sich trotz aller Mühe nicht in Sekundenschnelle flicken lässt, und so erwischt der Regenguss sie schließlich doch noch. Aber mit echten Freunden im Rücken lässt sich ja alles ertragen. Völlig durchnässt, aber gut gelaunt kehrt Jasper jedenfalls nach Hause zurück, überzeugt davon, dass ihr Viererclub gegen alle Höhen und Tiefen des Lebens gewappnet ist.

Sofie öffnet ihm die Tür. »Da bist du ja endlich«, sagt sie strahlend. »Willst du wissen, wer gerade hier war?«

Jasper hält sich an der Türklinke fest. »Wer?«, fragt er nur und merkt, wie ihm vor Schreck die Spucke wegbleibt.

Sofie sieht sich um, kommt ganz nah an Jaspers Ohr heran und flüstert: »Marie war schon ganz sauer. Aber Bele hat gesagt, sie kommt nur zu dir.«

Jasper ist es, als löse sich der Boden unter ihm auf, als würde alles um ihn herum weich, und auch seine Knie gehorchen ihm nicht mehr so ganz. »Sie war da?«, fragt er, weil er es irgendwie nicht glauben kann, aber Sofie nickt.

»Wenn ich es dir sage.«

Jasper ist kurz davor, einen Freudenschrei von sich zu geben, da geht die Tür des Mädchenzimmers auf und Marie steht vor ihm und faucht: »Was fällt dir ein hinter meinem Rücken einfach meine Freundinnen zu besuchen?«

»Na, hör mal!« Jasper schnappt nach Luft. »Ich dachte, ihr seid verkracht! Und außerdem ist es doch wohl nicht verboten.«

»Und ob es das ist!« Marie donnert die Tür wieder hinter sich zu und Jasper steht noch einen Moment da, guckt zu Sofie. Die grinst und fragt: »Ist Bele deine Verliebte?«

»Nein«, will Jasper sagen, »so ein Blödsinn.« Aber dann grinst sein Mund schon ganz von allein und er hört sich sagen: »Könnte gut sein.«

Auf einmal hat er es eilig. Er rennt zum Telefon, nimmt den Hörer ab, legt ihn wieder auf, will sich in seinen nassen Sachen auf den Weg zu Bele machen, als Mama ihn packt und sagt: »Du bist wohl nicht mehr ganz bei Trost.«

Sie schickt ihn erst mal ins Bad, holt ihm trockene Sachen, er zieht sich um, darf aber auch dann nicht mehr gehen, weil Mama meint, er hätte seine Hausaufgaben noch nicht gemacht und außerdem sei es für heute sowieso viel zu spät.

Jasper verzieht das Gesicht. Er weiß nicht, ob er einen Wutanfall kriegen oder sich einfach über Mamas Bestimmung hinwegsetzen soll, steht eine Weile so da, bis er sich schließlich umdreht, in sein Zimmer geht und erledigt, was für die Schule noch zu erledigen ist. Dann schleicht er zum Telefon, wählt Beles Nummer und legt, noch bevor es am anderen Ende tutet, schnell wieder auf. Noch zwei weitere Anläufe braucht Jasper, bis er es schafft.

»Ja?«, meldet sich Bele und augenblicklich werden Jaspers Knie wieder butterweich.

»Hier ist Jasper«, sagt er und Bele sagt: »Oh!«

»Schade, dass ich nicht zu Hause war«, fährt er fort und ist froh, dass sie nicht hört, wie sehr sein Herz dabei klopft.

»Ja«, sagt Bele. »Aber dafür meldest du dich ja jetzt.«

Jasper nickt. »Wie geht's?«, fragt er und lächelt den Telefonhörer an.

»Gut. Und dir?«

»Auch gut.« Jasper kratzt sich am Ohr. »Und deiner Mutter?«

»Die darf übernächste Woche wahrscheinlich schon wieder nach Hause.«

»Dann hat's mit der Operation also geklappt?«

»Vielleicht.«

Einen Augenblick bleibt es zwischen ihnen still.

»Wenn du willst, besuche ich dich morgen noch mal«, beginnt Jasper schließlich wieder. »Oder ich hole dich ab und ...«, er holt Luft, »... lade dich zum Eisessen ein.«

»Morgen geht's nicht«, sagt Bele. »Morgen muss ich zu meiner Mutter ins Krankenhaus. Aber übermorgen wäre es gut.«

»Ja, das heißt ...« Jasper beißt sich auf die Lippe. »Übermorgen habe ich schon etwas vor.« Der Geburtstag von Anna-Lena steht leider bei ihm auf dem Programm, einfach nicht hingehen kann er doch wohl nicht.

»Dann eben in drei Tagen.«

»In drei Tagen«, sagt Jasper, »dann komme ich zu dir.« Sie legen beide wieder auf, und als Jasper sich umdreht, steht Lina am anderen Ende des Flures. Jasper fühlt sich ertappt und gleichzeitig fällt ihm auf, wie traurig sie immer noch aussieht, als ob sie gleich wieder heulen müsste.

Dann bemerkt er plötzlich so eine Art Lächeln in ihrem Gesicht. »Na«, hört er sie leise fragen. »Ist sie nett?«

»Ja, das heißt ...« Jasper stammelt. »Kann man wohl sagen«, kommt es dann aber aus ihm heraus und er zuckt halb entschuldigend die Achseln. »Was dir mit Tilman passiert ist, tut mir jedenfalls Leid«, murmelt er und weiß gar nicht, wohin er gucken soll. »Hätte ich das gewusst, hätte ich Tilmans Brief auf der Stelle zerrissen und ihn dir bestimmt nicht überbracht.«

Lina nickt. »Ist schon gut«, sagt sie und ihre Stimme klingt auf einmal ganz fest. »Ich habe diesen Kerl schon so gut wie vergessen.«

»Diesen Mistkerl«, stimmt er ihr schnell zu und ist irgendwie erleichtert, weil er sicher ist, dass Lina es schafft, auch wenn sie später beim Abendessen dasitzt und nichts sagt und so gut wie nichts isst.

Jasper guckt immer mal wieder zu ihr, weil er denkt, dass sie trotz allem ein weiches Herz hat, im Gegensatz zu Marie, die ihm, wenn überhaupt, nur giftige Blicke zuwirft. Trotzdem ist Jasper an diesem Abend froh, so froh wie noch nie, und als er später ins Bett geht, liegt er noch lange wach, weil die Gedanken in seinem Kopf sich nicht beruhigen wollen. Er fragt sich, was Bele wohl in diesem Augenblick macht und ob sie schon schläft; und er rechnet die Stunden zusammen, die noch vergehen müssen, bis er sie endlich wieder sieht.

Am nächsten Morgen sagt Mama, dass Lina nicht aufstehen kann. Jasper kommt das sehr merkwürdig vor. Und als Mama wenig später dann auch noch mit einem Eimer im Mädchenzimmer verschwindet und Jasper hört, wie drinnen jemand würgt und sich anscheinend erbricht, beruhigt ihn das nicht unbedingt. Dass es Lina so sehr erwischt hat, hätte er nun doch nicht gedacht.

Er steht im Flur, während Mama mit dem Eimer zum Bad geht, ihn ausleert und dann wieder zurückbringt, und er fragt sich, wie Kummer so krank machen kann.

Jasper lässt sich mit dem Frühstück an diesem Morgen Zeit, er weiß selbst nicht, warum, aber irgendwie fühlt er sich schlapper als sonst. Und matt, und so richtig echten Hunger hat er eigentlich nicht. Genau genommen könnte er sogar aufs Essen verzichten, sich einfach wieder in sein Bett verziehen, die Augen zumachen und nichts davon hören und sehen müssen, dass der Zeiger der Uhr immer weiter voranschreitet und er bald zur Schule aufbrechen muss.

»Jasper«, sagt Mama, als er vor seinen Schuhen steht und gar nicht so recht weiß, was er damit anfangen soll. »Ist alles in Ordnung mit dir?«

»Alles«, will Jasper sagen, aber dazu kommt er nicht mehr. Plötzlich hat er nur noch einen Gedanken. Ihm wird schlecht und heiß und kalt und alles auf einmal und er rennt und schafft es gerade noch bis zum Klo, wo alles, was sich in seinem Magen befindet, in Rekordgeschwindigkeit den Rückweg antritt.

»Junge«, stöhnt Mama, die nun neben ihm steht, und hilft ihm ins Bett, denn auf den Beinen halten kann er sich plötzlich kaum noch. Dabei hat er doch gar keinen Kummer, ganz im Gegenteil, bis gestern Abend hat er sich eigentlich blendend gefühlt.

Jasper merkt selbst, dass sein Kopf heiß ist. Er schlottert unter der Decke, die Augen fallen ihm wie von selbst zu und er schläft, schläft, wird zwischendurch wach, weil ihm wieder hundeelend ist und er sich gerade noch über den Eimer beugen kann, den Mama ihm hingestellt hat. Dann wird es wieder ruhig, und bevor er weiterschläft, fragt er sich noch, ob es eine Art von Kummer-Übelkeit gibt, die ansteckend ist.

Erst am Nachmittag fühlt er sich besser. Und als Mama neben seinem Bett sitzt und ihm Kamillentee bringt, erfährt er, dass es seine beiden anderen Schwestern auch niedergestreckt hat.

Jasper trinkt Schluck für Schluck von Mamas Tee, verkneift es sich aber, Mama nach den genauen Gründen dieser Übelkeitsattacken zu fragen, weil sie ihm irgendwie unheimlich sind. Vorsichtig steht er irgendwann wieder auf und geht auf wackeligen Beinen zum Zimmer seiner drei Schwestern hinüber.

Er zögert, bevor er an ihre Tür klopft, die Klinke herunterdrückt, und ist erleichtert, als sie ihn alle drei blass, aber grinsend empfangen, selbst Lina, von der Jasper doch irgendwie geglaubt hat, sie sei vor Kummer halb tot.

Sie hält die Bettdecke hoch und sagt: »Komm her, wenn du willst. Dann werden wir alle zusammen gesund.«

Jasper stutzt. Ist wirklich er es, den sie meint? Er will schon nachfragen, da rufen Marie und Sofie: »Entweder rein oder raus!«

Jasper zögert, entscheidet sich aber dann doch dafür, sich zu seinen Schwestern zu gesellen, auch wenn er sie zum Gesundwerden eigentlich nicht unbedingt braucht. Aber die Zeit vertreiben können sie sich ja wirklich am besten zu viert, vor allem dann, wenn anscheinend niemand länger sauer auf ihn ist. Er krabbelt zu seiner großen Schwester ins Bett und denkt, während sie Leute erraten spielen, dass es Schlimmeres gibt als krank zu werden, viel Schlimmeres sogar, und dass es fast ein bisschen Spaß machen kann, wenn man auf dem Weg der Besserung ist.

14. Kapitel

Pünktlich zu Anna-Lenas Geburtstag ist Jasper wieder gesund, leider, er hätte nichts dagegen gehabt, wenn der Infekt ihn und seine drei Schwestern zwei Tage später erwischt hätte. Wer weiß, was für Spiele Anna-Lena sich ausgedacht hat! Wäre Ben nicht heute Morgen noch so niedergeschlagen gewesen, hätte Jasper sich wahrscheinlich noch in letzter Minute eine Ausrede zurechtgelegt, hätte sich einen schönen Nachmittag zu Hause gemacht oder wäre mit dem Fahrrad eine kleine Runde gefahren. Einfach so durch die Stadt. Oder in eine Straße, an die er sowieso immer denkt, weil dort eine wohnt, deren Namen er überall hinkritzelt, wo gerade Platz ist und wo niemand es sieht.

Jasper seufzt. Das alles ist gar nicht so einfach und seine Schwestern sehen ihn schon so merkwürdig an. »Wenn ich mich mit meiner früheren Freundin wieder versöhne«, hat Marie ihn heute beim Mittagessen gefragt und ganz scheinheilig dabei geguckt, »würde dich das etwa stören?«

»Nein«, hat er gesagt, obwohl es nicht stimmt. Jeder Blick und jede Frage sind im Moment fast schon zu viel. Weil es bis morgen noch so lang ist und er es sich fast nicht mehr vorstellen kann.

Zu Anna-Lenas Geburtstag zu gehen kann er sich vorstellen, leider, dabei würde er das Geschenk, das er zusammen mit Mama ausgesucht hat, am liebsten behalten.

Nicht für sich, sondern für eine, der das Buch bestimmt gefallen würde.

Aber wenn Ben durch die Party etwas aufgemuntert wird, opfert er sich natürlich und geht mit ihm hin. Schließlich ist Ben sein Freund und braucht ihn. Erst vor ein paar Tagen hat er geglaubt, seine Mutter sei zu ihm und seinem Vater zurückgekehrt, weil sie plötzlich in der Wohnung stand. Aber sie wollte bloß ein paar Sachen holen und Ben noch mal sehen. Jasper war richtig wütend, als Ben ihm davon erzählt hat. Denn er findet das nicht richtig, was sie gemacht hat. Aber Ben nimmt sie natürlich auch noch in Schutz! Klar, sie ist seine Mutter und er vermisst sie. »Wenn sich erst alles beruhigt hat«, hat sie gesagt, »kommst du zu mir und besuchst mich.«

Ben holt Jasper um kurz vor drei ab, und weil er grinst, steckt er Jasper fast damit an. »Bist du bereit?«, fragt er und Jasper antwortet: »Dann also auf in den Kampf!«

Mama wünscht ihnen viel Spaß und Marie erklärt, dass Mädchengeburtstage sowieso schön sind und Mädchen schließlich nicht beißen. Sie verschränkt die Arme und fügt, Ben zugewandt, noch hinzu: »Frag doch mal Jasper. Der kennt sich ja aus.«

Ben nickt und sein Blick hängt für einen Augenblick an der Tür des Mädchenzimmers, hinter der laute Schmusemusik läuft. Aber Jasper zieht seinen Freund mit sich fort. »Wird Zeit, dass du auf andere Gedanken kommst«, sagt er und versucht einfach nicht weiter an das, was ihnen bevorsteht, zu denken. Vielleicht sind sie ja auch nicht die einzigen Jungen, die Anna-Lena eingeladen hat, beruhigt er sich. Vielleicht ist alles halb so wild und sie essen Kuchen und machen eine Schnitzeljagd und gehen wieder nach Hause.

Anna-Lena steht mit zweien ihrer Freundinnen da und empfängt sie kichernd. »Ich hätte wetten können«, sagt sie, »dass ihr euch eine faule Ausrede einfallen lasst.«

»Wieso?«, fragt Ben und Jasper fügt eilig hinzu: »Weiberpartys sind für uns schon lange nichts Neues.« Er überreicht Anna-Lena das Geschenk und Anna-Lena wird rot.

Dann kommen die anderen Gäste, aber leider ist außer Jasper und Ben kein weiterer Junge dabei. Jasper steht mit den Händen in den Hosentaschen da und ärgert sich über sich selbst. Hätte er sich nur von Anfang an dagegen entschieden, dann müsste er jetzt nicht diesen entsetzlich langen Nachmittag hinter sich bringen und könnte woanders sein und Eis essen gehen …

Jasper reißt sich zusammen. Auch Bele ist ein Mädchen, denkt er. Und vielleicht ist es gar nicht mal schlecht, wenn er das Reden und Lachen und Feiern mit Mädchen hier schon einmal übt. Er setzt sich schließlich neben Ben an den Tisch, isst ein großes Stück Erdbeerkuchen, lässt sich sogar zum Pantomimespiel überreden, sitzt später mit den anderen im Kreis, spielt Flaschendrehen und atmet tief durch, weil die Flasche, als es um einen Kuss für Anna-Lena geht, nicht auf ihn zeigt, sondern auf Ben.

Ben ziert sich natürlich. Aber alle klatschen und Anna-Lena steht da und wartet, und dann geht Ben zu ihr und gibt ihr einen Kuss auf den Mund, der Jasper im ersten Moment in Staunen versetzt. Dass Ben so was kann!

Alle, die herumstehen, sind begeistert und Ben grinst

nur und zuckt mit den Achseln. »Wenn's weiter nichts ist«, sagt er.

Anna-Lena lacht, dreht laute Musik auf und dann wird getanzt. Jasper will zuerst nicht, aber weil Ben kein Theater macht und es einfach versucht, gibt er sich einen Ruck. Schließlich weiß er sowieso längst, wie es geht, Marie und Sofie führen es ja immer wieder stundenlang vor.

Jasper muss lachen, aber irgendwie, findet er, fühlt es sich gar nicht mal schlecht an, außerdem ist die Musik auch gut. Ben grinst und hopst und Jasper macht irgendwann eine Pause und denkt an Pille und Jan, die beim nächsten Mal hoffentlich mit dabei sind.

Bevor sie nach Hause gehen, drückt Anna-Lena sich kurz neben Jasper und sagt: »Mein schönstes Geschenk war jedenfalls das von dir und ich freue mich schon darauf, es zu lesen.« Sie lacht und ist wieder rot im Gesicht und er lacht auch und denkt, dass es keine vierundzwanzig Stunden mehr dauert, bis die drei Tage endlich um sind und er in die Südstraße gehen kann, um Bele wiederzusehen.

»Bis morgen«, sagt Anna-Lena.

Jasper nickt und erklärt: »Wie ich Ben kenne, macht er zu seinem Geburtstag wahrscheinlich auch ein großes Fest und lädt alle ein.« Ben steht dabei und guckt, aber dann grinst er plötzlich über beide Ohren und sagt: »Warum eigentlich nicht?« Sie machen sich auf den Nachhauseweg und Ben erzählt Jasper von Anna-Lenas Freundin, die mit ihm geredet hat und so nett war.

»Schön für dich«, sagt Jasper und ist zufrieden mit diesem Tag. Vor allem, da er so gut wie vorbei ist und er es überlebt hat und Ben die ganze Zeit erzählt und lacht und sich anscheinend wieder erholt hat. »Übrigens gar keine schlechte Idee«, sagt er, bevor ihre Wege sich trennen, »ich meine das Geburtstagsfest, zu dem ich alle einladen soll.«

Jasper grinst. Dann sausen sie in entgegengesetzten Richtungen davon und Jasper versucht sich den nächsten Nachmittag mit ein paar Tricks herzuzaubern, was aber leider misslingt. Es müssen noch einige Stunden vergehen, und wenn man erst anfängt immer wieder auf die Uhr zu sehen, scheint die Zeit es auf einmal ganz und gar nicht mehr eilig zu haben, sondern zieht sich wie Kaugummi.

Als Jasper im Bett liegt, fühlt er sich leer und kann irgendwie an gar nichts Neues mehr denken, wiederholt im Kopf immer wieder dasselbe, schläft aber trotzdem nicht so schnell ein. Und dann wird er viel zu früh wach, weil er irgendwo eine Tür gehört hat.

Was folgt, ist ein ganzer langer Vormittag in der Schule, der überhaupt nicht mehr zu enden scheint. Jasper wundert sich fast, dass er sich irgendwann doch wieder zu Hause befindet, dass das Mittagessen geschafft ist und er sich mit seinen Hausaufgaben beschäftigen kann, so lange, bis die Stunden, die vielen unendlichen Stunden vorüber sind und sein Treffen mit Bele kurz bevorsteht.

Jasper verschwindet schnell noch mal im Bad, wäscht sich Gesicht und Hals, putzt sich die Zähne, hat plötzlich die Flasche mit Papas Rasierwasser in der Hand, öffnet den Deckel, schnuppert daran, stellt sie aber dann doch wieder zurück. Bele riecht so was bestimmt nicht gern.

Jasper grinst sein Spiegelbild an und merkt, wie alles in ihm zu kribbeln beginnt, fast wie vor einem Fußballspiel, nur tausendmal besser. »Na«, sagt er und setzt ein besonders nettes Begrüßungsgesicht auf. »Lange nicht gesehen.«

Jasper schluckt und beschließt sich langsam auf den Weg zu machen, damit Bele sich nicht wundert, wo er so lange bleibt. Er schleicht aus dem Bad durch den Flur, murmelt halblaut »Bin unterwegs, bis später!«, sieht Lina um die Ecke gucken und hört, wie sie ruft: »Viel Glück!«

Die Tür fällt hinter ihm zu, Jasper hüpft die Treppe hinunter und hat Mühe, seinen Herzschlag einigermaßen unter Kontrolle zu halten. Pfeifend steigt er auf sein Fahrrad, fährt durch die Straßen und stellt fest, dass das Wetter wie gemacht ist, um Eis essen zu gehen.

Als er in die Südstraße biegt, fällt ihm ein, dass er kein Geld eingesteckt hat, aber jetzt kann er nicht mehr zurück, jetzt fährt er bis vor ihre Tür, stellt sein Fahrrad ab, klingelt und muss aufpassen, dass sein Herz ihm nicht vor Aufregung zerspringt, als der Türdrücker summt und er den kühlen Hausflur betritt.

Dann steht Bele vor ihm und Jasper kommt es vor, als habe er sie schon hundertmal so vor sich gesehen, mit ihrem Lachen und den Augen, die so ernst sind und doch vor Freude blitzen. »Na«, sagt er.

Und Bele sagt auch: »Na!« Dann zieht sie ihn hinter sich her in die Wohnung und er findet, dass es gut riecht.

»Kennst du dich noch aus?«, fragt Bele, als Jasper im Flur stehen bleibt, weil er nicht weiß, was er sonst machen soll.

»Ich glaube schon.«

»Dann zeig mir, wo mein Zimmer ist!« Bele lacht.

Und Jasper geht zielsicher voran, sitzt schließlich in der Hängematte und Bele sitzt gleich neben ihm.

»Schön«, sagt er leise.

Bele nickt.

Jaspers Kopf glüht, während die Hängematte mit ihnen schaukelt, während irgendwo ein Telefon klingelt und Bele nicht hingeht. »Meine Oma ist ja da«, sagt sie.

Jasper will, dass die Hängematte nicht aufhört zu schaukeln, dass Bele neben ihm bleibt, dass er ihren Arm an seinem fühlt und sein Blick hin und wieder zu ihr hinüberwandern kann, um zu sehen, wie sie guckt. Dann aber fällt ihm seine versprochene Einladung ein und das Geld, das er nicht dabeihat. Er zögert und braucht drei Anläufe, bis er es Bele gesagt hat, aber Bele lacht nur und sagt: »Ganz einfach, dann lade ich dich eben ein.«

Sie sagen Beles Oma Bescheid, Jasper lässt sein Fahrrad vor ihrer Haustür stehen und dann gehen sie los, gehen ganz dicht nebeneinander und Bele erzählt von Frieder, der später noch kommen wird, um mit ihr Pizza zu backen.

»Frieder?«, fragt Jasper. »Wer ist denn das?«

»Frieder ist Frieder«, sagt Bele und hüpft. »Und außerdem ist er der Freund meiner Mutter.« Sie zupft ein paar Blätter von der Hecke, an der sie vorbeikommen, und bewirft Jasper damit. »Oder dachtest du, meine Mutter hat so was nicht?«

»Doch, doch«, sagt Jasper eilig. »Klar!«

»Frieder ist jedenfalls nett«, sagt Bele, bleibt stehen und fügt etwas leiser hinzu: »Fast so wie du.«

Jasper schießt schon wieder das Blut in den Kopf, und wenn sie nicht gerade mitten auf der Straße stehen würden, dann hätte er Bele möglicherweise sogar geküsst. Aber hier draußen, wo jeder es sehen kann, macht er es nicht. »Und deine Mutter?«, fragt er, weil er nicht weiß, was er sonst sagen soll. »Wie ist die?«

»Die ist ganz in Ordnung, wenn sie nicht gerade wieder was zu meckern hat. Aber meistens ist sie mit Büchern beschäftigt, weil sie darüber schreibt.« Bele steckt ihre Hände in die Hosentaschen. »Sie hat übrigens gefragt, ob du mal mit ins Krankenhaus kommen willst.«

»Ich?« Jasper erschrickt. Aber dann findet er die Idee gar nicht so schlecht. Im Gegenteil, er findet sie sogar gut, weil er sowieso gern mit Bele irgendwohin geht und alles anders ist, irgendwie leicht, und er sich wie ein echter Glückspilz vorkommt.

Bele spendiert ihm, als sie bei der Eisdiele sind, ein Eis mit drei Kugeln und er sagt: »Beim nächsten Mal bin ich an der Reihe, dann allerdings doppelt.« Sie lassen es sich schmecken, während sie weitergehen ohne überhaupt zu wissen, wohin, was sie aber beide nicht stört. Bele fragt Jasper nach seiner Familie aus, obwohl sie sie zum Teil ja schon kennt. Trotzdem will sie alles von Jasper hören. Er weiß selbst nicht, warum, aber irgendwie sprudelt es nur so aus ihm heraus. Als er gerade bei Marie angelangt ist, die sich hoffentlich bald wieder beruhigt haben wird, bleibt er plötzlich wie angewurzelt stehen. Vom anderen Ende der Straße sieht er Pille und Jan kommen. Jasper schluckt, leckt weiter an seinem Eis und Bele fragt: »Sind das nicht deine Freunde?«

»Doch«, sagt Jasper nur, dem einfällt, dass Bele die beiden ja schon vom Fußballspiel kennt.

»Na, so eine Überraschung«, ruft Pille und setzt ein Gesicht auf, als hätte er Jasper auf frischer Tat ertappt. »Ich dachte, der Geburtstag wäre gar nicht so besonders gewesen?«

»War er ja auch nicht«, erwidert Jasper und kann trotzdem nichts gegen die Veränderung seiner Gesichtsfarbe tun, »und außerdem ist es sowieso anders, als du denkst.« Er wirft Bele einen Blick zu und hört, wie Jan seufzend sagt: »Beim nächsten Mal gehe ich aber mit.«

Jasper verzieht sein Gesicht, stopft sich den Rest des Eises in den Mund, aber dann muss er grinsen und er murmelt: »Wartet es nur ab! Wir haben noch viele Feste zu feiern.« Er zuckt mit den Achseln und fügt schon halb im Gehen hinzu: »Alles Weitere erkläre ich euch später.« Er nickt Pille und Jan noch einmal zu, die ihm nachsehen, als sei er auf dem Weg in eine andere Welt, erzählt Bele, als sie außer Reichweite sind, von Anna-Lenas Geburtstag und allem, was ihm sonst dazu noch einfällt, und denkt, dass es ihm nichts ausmacht, was Pille und Jan glauben und was nicht. Denn erstens werden sie es früher oder später sowieso von ihm erfahren und zweitens gibt es keinen Grund, vor ihnen geheim zu halten, was mit ihm passiert ist. Weil Bele das netteste Mädchen ist, das er sich überhaupt vorstellen kann, weil ihre Augen nicht aufhören zu blitzen, weil sie ernst sind und dunkel und er sich an ihnen nicht satt sehen kann.

15. Kapitel

Jasper liegt auf dem Wohnzimmersofa, hat ein Kissen auf seinem Gesicht und träumt mit offenen Augen. Einen Tag ist es schon her, dass er mit Bele Eis essen war, und vielleicht geht er bald wieder zu ihr und küsst sie. Oder sie kommt zu ihm. Jasper wusste nicht, dass es so aufregend ist, wenn man sich verliebt, dass es alles anders macht, irgendwie schön. Als fliege man durch die Luft mit unsichtbaren Flügeln und gar nichts könne geschehen, weil Bele da ist und ihn auch mag, weil ihr Arm an seinem sich gut angefühlt hat und weil sie irgendwann geboren wurde, so wie er.

»He, du Dickmacher!«, hört Jasper die Stimme seiner Schwester Marie. »Seit wann gehört das Sofa dir allein? Mach gefälligst mal Platz, ich will auch noch irgendwo sitzen!«

Jasper nimmt seine Füße zurück, obwohl er kein Dickmacher ist und es gut und gern darauf ankommen lassen könnte, abzuwarten, wer die stärkeren Nerven hat und sich nicht wegdrängen lässt. Auf dem Teppichboden sind schließlich noch genug Sitzplätze frei. Aber heute hat er irgendwie keine Lust auf eine Streiterei. Heute ist Jasper friedlich. Und als Sofie heulend ankommt, weil ihr ein Glas Saft auf dem Schreibtisch umgekippt ist, steht er auf und hilft ihr bereitwillig dabei, alles sauber zu machen. Heute ist alles gut und nichts und niemand kann ihm etwas anhaben, egal was noch passiert.

»Den hat's aber erwischt«, hört er Marie sagen, als er ins Wohnzimmer zurückkommt und nichts dagegen einzuwenden hat, dass Lina seine neue Fahrradtasche mit zum Schwimmen nehmen will.

Jasper grinst nur, äußert sich nicht weiter dazu. Abstreiten wäre sowieso sinnlos, aber zugeben will er vor seinen Schwestern natürlich auch nichts. Also tut er einfach, als hätte er Maries Bemerkung überhaupt nicht gehört. Außerdem muss er über anderes nachdenken. Zum Beispiel darüber, was der Blumenstrauß auf dem Wohnzimmertisch macht und wer ihn dort hingestellt hat. Mama vielleicht? Heute ist aber doch gar kein besonderer Tag, außer für ihn natürlich, aber das hat mit dem Blumenstrauß bestimmt nichts zu tun. Und wenn überhaupt, dann hätte Bele ihn schon vorbeibringen müssen – hat sie aber nicht. Also bleiben eigentlich nur Mama und Papa übrig, denn seine Schwestern geben ihr Geld bestimmt nicht für so etwas aus. Für weiße Lilien mit ein paar roten Rosen dazwischen. Jasper wendet seinen Blick wieder ab.

Vielleicht hat Papa sich bei Mama mit den Blumen dafür bedanken wollen, dass sie, als der Infekt die ganze Familie niedergestreckt hat, als Einzige die Stellung gehalten und alle gepflegt hat, einschließlich Papa, der auch nicht verschont geblieben ist.

Jasper macht es sich wieder auf dem Sofa bequem, legt sich das Kissen über den Kopf, wie gehabt, und stellt sich vor, er sei ein Schwerverletzter, der nicht mehr sprechen und sich bewegen kann, der nur daliegt und nichts tut. Bele säße bei ihm, hielte seine Hand und kühlte seine

Stirn und vielleicht würde er sogar noch das Bewusstsein verlieren und wochenlang im Krankenhaus liegen und sie käme jeden Tag, sähe ihn unentwegt an und …

»Jasper«, fragt Mama, »was ist los?«

Aber weil Jasper sich ja nicht bewegen kann und nichts mehr hört und sieht, bleibt er liegen, bis Mama kommt, ihm das Kissen vom Gesicht reißt und erleichtert ausruft: »Du kannst einem aber einen Schrecken einjagen!«

Jasper will sich nicht rühren, weil er ja nicht kann, aber sein Mund grinst schon und er hört, wie er sagt: »Ich hatte einen vorübergehenden Schwächeanfall.«

»Du Armer!«, sagt Mama und greift ihm in die Haare, streicht ihm über den Kopf. Jasper will protestieren, aber weil er immer noch so geschwächt ist, kann er das schlecht. Außerdem darf Mama das an besonderen Tagen ruhig mal machen.

Jasper hält still, liegt noch eine Weile so da, als Mama schon wieder in der Küche ist, weil er sich ja nicht überanstrengen darf. Aber als Lina und Papa nach Hause kommen und Papa Mama einen Kuss auf die Wange drückt, läuft er längst schon wieder herum.

»Hört mal alle her!«, sagt Papa plötzlich.

Jasper spitzt die Ohren, auch Lina, Marie und Sofie sind aufmerksam geworden. Papas Stimme klingt so feierlich.

Sie müssen sich alle aufs Sofa setzen, bevor Papa weiterspricht. Wer weiß, denkt Jasper, vielleicht hat Papa ein neues Auto gekauft. Oder er hat bei einem Preisausschreiben mitgemacht und eine Reise nach Amerika für sie alle gewonnen. Vielleicht hat er auch eine Woche Sonderurlaub genommen, um mit Mama mal ganz allein wegzufahren, ans Meer oder in die Berge, damit sie endlich mal Zeit für sich haben …

»Also«, sagt Papa und räuspert sich. »Mama und ich, wir haben euch etwas zu sagen.« Ganz still ist es im Wohnzimmer geworden. Und dann sagt Papa, dass sie zwar schon vier Kinder sind und auch nicht mehr so ganz klein und dass Mama längst wieder zu arbeiten angefangen hat, aber dass sie bald wieder damit aufhören muss, weil ein Baby unterwegs ist.

Jasper ist sprachlos. Ein Baby, ja aber …

»Wie süß!«, sagt Lina und seufzt ganz verzückt.

Und Marie sagt: »Dann sind wir ja bald wieder ein Kind mehr!«

Sofie klatscht und jubelt.

Jasper sitzt da und weiß gar nicht, was er denken soll.

»Und wenn es wieder ein Mädchen wird?«, überlegt Marie und verdreht die Augen, weil ihr einfällt, dass es in ihrem Zimmer ja dann noch enger wird.

»Denk lieber mal an Jasper«, sagt Lina, »der zieht dann bestimmt freiwillig aus.«

Sie gucken ihn alle an, Mama, Papa, Lina, Marie und Sofie. Jasper verzieht sein Gesicht. »Mit vier Schwestern werde ich genauso gut fertig«, murmelt er, obwohl er schlucken muss. »Eine neue Schwester macht mir keine Angst.«

Trotzdem hätte er nichts dagegen, wenn die Schwester keine Schwester, sondern ein Bruder würde, ein Bruder für ihn wäre wirklich mehr als gerecht.

Jasper atmet tief durch. So lange hat er sich einen Bruder gewünscht und nie einen bekommen. Und jetzt, da alles so anders geworden ist, passiert es plötzlich und ein neues Baby ist unterwegs, eines, das noch winzig klein ist und in Mamas Bauch wächst. Jasper schielt kurz mal zu ihr hinüber, aber noch kann er nichts sehen.

Was Bele wohl sagt, wenn sie es erfährt? Und Ben? »Wenn du nicht weißt, wohin mit dem Baby«, wird er wahrscheinlich erklären, »kannst du es mir wochenweise ja leihen.«

Jasper muss grinsen und irgendwie fängt er an sich zu freuen. Er wird sich schon etwas einfallen lassen, wenn das Baby erst da ist, egal was es wird, ein Mädchen oder ein Junge. Ben, Bele, Pille und Jan sind schließlich auch noch da, an die kann er sich halten, wenn ihm zu Hause alles über den Kopf wachsen sollte.

Papa holt eine Flasche Sekt für sie alle und dann stoßen sie an, jeder mit einem kleinen Schluck. Es prickelt auf der Zunge und Jasper fühlt sich fast ein bisschen beschwipst. Ob er noch gerade gehen kann, weiß er nicht so genau, aber im Moment sitzt er ja ganz gut. Jans Vater hat Unrecht, denkt er, ein Leben ohne die Weiber will er jedenfalls nicht. Auch wenn er auf die eine oder andere gut verzichten könnte, aber im Großen und Ganzen sind sie doch erträglich, manchmal sogar ziemlich nett, und ganz egal mit wie viel weiteren Exemplaren ihrer Sorte Jasper es noch zu tun bekommen wird, er ist zu allem bereit.